Melanie Hinz

Eine zweite Chance
für den ersten Eindruck

Herstellung und Verlag:
BoD - Books on Demand, Norderstedt
ISBN 978-3-7412-2738-7

1.

Ich hasse Sport. Aktiv und passiv. Dennoch sitze ich wieder im Stadion, um meinen großen Bruder beim Footballtraining zu bewundern. Die Sonne brennt auf meiner blassen Haut. Ich verstecke meine kupferroten Locken unter einer Mütze und sehe erstaunt dabei zu, wie sich die Sommersprossen auf meinen Unterarmen explosionsartig vermehren.

So sehr ich meinen Bruder auch liebe – wären seine Teamkollegen nicht solche Sahneschnitten, würde ich jetzt lieber auf meiner Dachterrasse sitzen. Die Füße in einem Planschbecken voller Eiswürfel und ein gutes Buch in der Hand. Wenigstens nimmt er mich nach dem Training mit in diese neue Bar, in die ich ohne den, wenn auch geringen, VIP-Status meines Bruders nie hereinkommen würde. Dort kann ich den neuen Teamkollegen, über den alle so aufgeregt sind, mal aus der Nähe und ohne Ausrüstung begutachten.

Die Neuen sind lustig. Sie wissen noch nicht, dass ich die kleine Schwester von Thorsten bin.

Es ist nicht so, dass ich mich durch das Team schlafen würde. Ganz im Gegenteil – ich genieße nur den Anblick und hoffe darauf, irgendwann mal einen Kerl zu finden, der nur halb so gut aussieht und einen IQ hat, der sein Lebensalter überschreitet. Nicht dass ich meinen Bruder für so eine hohle Frucht halten würde, aber im Großen und Ganzen treffen die Vorurteile über Sportler schon zu.

Vor der Theke warte ich auf den Auftritt der Jungs. Es ist jedes Mal ein Spektakel, wenn sie in einer geschlossenen Truppe, in dunkelgrauen Anzügen und mit gestärktem Kragen, in ein Lokal einfallen.

Ich muss mich nicht umdrehen. Den Moment, als sie die Bar betreten, erkennt man deutlich am Getuschel der Frauen und am Rascheln der aneinander reibenden Seidenstrümpfe.

Der Raum ist von einem Summen erfüllt, als befände man sich in einem Bienenstock. Deswegen bemerke ich die Gestalt, die sich neben mir auf dem Barhocker platziert, erst als sie mich anspricht. Ein grauer Anzug. Das ging schnell. Mein eng anliegendes, aber nicht zu knappes, violettes Sommerkleid und rote Locken, die sich über einen schmalen Rücken ergießen, verfehlen selten ihre Wirkung.

»Hey pretty.« Ein Ami? Ich werfe ihm einen abschätzigen Seitenblick zu und widme mich wieder meiner Margarita.

»Kann ich dir einen Drink spendieren?«, fragt er in einem breiten Südstaatenakzent und nickt zu meinem Glas. Ich drehe mich zu ihm um und antworte mit einem falschen Lächeln: »Solange deine nächste Frage nicht lautet: Trägst du unten die gleiche Haarfarbe wie oben?, hätte ich gerne noch einen Drink.«

Meine eigentlich schnippische Antwort bleibt mir beinahe im Halse stecken und bahnt sich nur in schiefen Krächztönen ihren Weg nach draußen. Meine Güte, ist der hübsch. Kein Wunder, dass mein Bruder so aus dem Häuschen war, als er mir von ihm erzählt hat.

Ja, mein Bruder ist schwul.

Nein, seine Teamkollegen wissen nichts davon.

Sie halten ihn für einen Frauenhelden, der nach jedem Spiel Groupies, beziehungsweise Cheerleader, mit nach Hause nimmt. Und er tut alles dafür, um dieses Image aufrechtzuerhalten. Er lebt in einer festen Beziehung, doch er hat Angst, seinen Status im Team zu verlieren.

Ich hoffe sehr, dass die schummerige Beleuchtung in der Bar meine Schamesröte etwas verdeckt. Statt auf meinen blöden Kommentar zu reagieren, hält er mir seine Hand zur Begrüßung hin. Ich nehme sie und wir schütteln uns förmlich die Hände.

»Eric«, sagt er grinsend und zeigt mir seine Grübchen.

Ob er auch solche Grübchen über dem Po hat?

»Nina«, antworte ich verlegen.

Mein Bruder beobachtet uns vom anderen Ende der Bar und sieht mich skeptisch an. Ich rolle mit den Augen und ignoriere ihn dann.

»Dir ist schon bewusst, dass ich weder ein Cheerleader, noch ein Footballgroupie bin?«, sage ich mit herausforderndem Blick. Eric zuckt desinteressiert mit den Schultern und winkt den Barkeeper heran. Ich nutze den Augenblick, um ihn schamlos von der Seite zu begutachten. Seine schwarzen Haare stehen ihm wild vom Kopf ab, als hätte er sich nach dem Duschen nur abgetrocknet und nachlässig seinen Anzug übergeworfen. Er sieht wieder zu mir und blitzt mich aus stahlblauen Augen an. Ausgeprägte Wangenknochen und ein Dreitagebart lassen meine Fingerspitzen zucken. Nur einmal anfassen.

Nachdem er dem Barkeeper unsere Bestellung durchgegeben hat, dreht er sich wieder zu mir und flüstert ganz nah an meinem Ohr: »Es ist keine Frage der Farbe. Girls like you are shaved. And I hate Cheerleader.«

Die Musik wird immer lauter und die Bar ist vollgepackt mit Menschen. Eric rückt mit jeder Minute näher. Natürlich nur, damit wir uns besser unterhalten können. Oder?

Er nutzt jede Gelegenheit, um mir ins Ohr zu flüstern und mir damit einen Schauer über den Rücken zu jagen.

Eigentlich warte ich noch auf meine Freundin Jule, doch meine suchenden Blicke werden immer sporadischer. Eric hat schon den dritten Whiskey intus und wirkt leicht angeschickert. Betrunkene Männer sind mir unangenehm, doch er ist anders. Es ist, als würde er seine extrem coole Fassade fallen lassen und etwas von seinem wahren Gesicht zeigen. Er streicht mir eine Locke aus der Stirn und setzt gerade an, etwas zu sagen. Ganz nah an meinem Ohr. Ich kann praktisch seine Lippen auf meiner Haut spüren. Doch dann zieht er sich wieder zurück und grinst.

»Was wolltest du sagen?«, frage ich verwirrt.

»Nichts«, antwortet er rotzfrech und grinst noch breiter. Jetzt wird es mir bewusst. Er hat sich eine Gelegenheit erschlichen, mir nahezukommen. Ohne das Risiko, eine Abfuhr zu kassieren. Ich würde ihm so gerne sagen, dass er einfach nur fragen muss, wenn er mich berühren möchte, doch ich bin keine von denen. Ich bin kein Footballgroupie. Ja, ich flirte gerne, aber ich ziehe ganz klare Grenzen. Beinahe jeder aus dem Team hat es schon versucht, selbst die Verheirateten. Dummerweise war aber auch noch keiner wie Eric.

Reiß dich zusammen, Nina. DU BIST KEIN GROUPIE.

Ich entschuldige mich bei Eric, um auf die Toilette zu verschwinden. Sein Blick brennt mir im Rücken, als ich mir einen Weg durch die Menge bahne. Kurz vor der Toilettentür packt mich eine große Hand am Arm und hält mich zurück.

»Was willst du?«, gifte ich meinen Bruder an. Er zieht mich außer Hörweite seiner Kollegen.

»Das frage ich dich. Was willst du mit Eric?«

Ich schnaube genervt und winde mich aus seinem Griff.

»Komm runter, großer Bruder. Wir unterhalten uns nur.«

Thorsten sieht mich streng an.

»Nach Unterhaltung sieht das nicht mehr aus. Du sitzt praktisch auf seinem Schoß. Nina, er ist nicht gut für dich. Halt dich fern. Ich meine es ernst.«

»Krieg dich ein. Ich kann auf mich aufpassen.«

Ich lasse ihn stehen und verschwinde im Waschraum.

Nach ein paar tiefen Atemzügen habe ich mich wieder gefangen. Es passiert nicht oft, aber immer, wenn mein Bruder den Aufpasser spielen will, werde ich zur Furie. Niemand muss mich beschützen. Das habe ich bisher ausgezeichnet selbst hinbekommen. Vor den wirklich beschissenen und verdrehten Dingen im Leben kann mich ohnehin kein Mensch schützen.

Ich schüttle meine Haare auf und gehe wieder an die Bar. Eric sieht mir entgegen, während er mit seinem Handy telefoniert. Er wirft mir ein gestresstes Lächeln zu und schiebt das Telefon in die Tasche. Ich gleite neben ihm auf den Barhocker und frage zaghaft: »Alles in Ordnung?«

Er schüttelt den Kopf, als wollte er sich aus einem schlechten Traum befreien.

»Ja, alles gut. Stress mit meiner Schwester.« Er reibt sich mit Daumen und Zeigefinger über die Nase und sieht mich nervös an.

»I'm sorry, but I gotta go. Ich muss morgen früh raus.«

Obwohl ich enttäuscht bin, winke ich seine Entschuldigung ab.

»Kein Problem. Auf meine Freundin brauche ich wohl nicht mehr zu warten. Ich werde mich auch auf den Heimweg machen.«

Eric steht vor mir auf und reicht mir seine Hand, um mir vom Barhocker zu helfen. Ich nehme sie und bemerke mit einer Spur von Erregung, wie meine kleine Hand in seiner großen Hand verschwindet. Für einen Moment stelle ich mir vor, wie sich diese Hände wohl auf meinem Po anfühlen würden und was die Größe seiner Hände noch aussagen könnte. Genau dieser Moment der Unaufmerksamkeit führt dazu, dass mein Absatz wegknickt und ich in Erics Armen lande. Einen Arm hat er um meine Taille geschlungen, um mich vor dem Absturz zu bewahren, und mit der freien Hand fängt er gerade noch den Barhocker auf, den ich beinahe mit niedergerissen hätte. Erst jetzt wird mir bewusst, wie groß er ist. Da ich selbst nicht unbedingt zu den kleinen Frauen gehöre und er mich trotz High Heels um einen guten Kopf überragt, gehe ich davon aus, dass er mindestens zwei Meter groß ist.

»Gute Reflexe. Danke dir«, sage ich atemlos und befreie mich widerwillig aus seinem Griff. Er riecht zum Anbeißen.

»Ich habe zu danken«, antwortet er direkt an meiner Wange. Er legt einen 50-Euro-Schein auf die Theke und deutet dem Barkeeper, dass er damit für die Getränke von uns beiden bezahlt. Wie selbstverständlich nimmt er meine Hand und zieht mich zum Ausgang. Kurz vor der Tür bleibe ich stehen und zwinge ihn, anzuhalten.

»Was glaubst du, wo du mit mir hingehst?«

Eric sieht mich an, als würde ich arabisch sprechen. »I'll take you home. Denkst du, ich lasse dich alleine hier draußen rumlaufen?« Fassungslos sieht er mich an.

»Eric, ich wohne gleich um die Ecke. Ich bin ein großes Mädchen. Ich schaff das alleine. Du musst doch nach Hause.«

Er schüttelt ungläubig den Kopf. »Vielleicht habe ich mich falsch ausgedrückt. I WANT to take you home. So viel Zeit habe ich noch. Du bist vielleicht ein großes Mädchen, aber da draußen gibt es eine ganze Menge noch größere und stärkere Kerle.«

Ich sehe ihn von oben bis unten an und grinse.

»Ja, scheint so«, sage ich zweideutig.

Er legt mir einen Arm um die Schultern und grinst ebenfalls.

»With me, you're safe«, wispert er in mein Ohr und zieht mich in die warme Sommernacht. Ich fühle mich naiv dabei, aber ich glaube ihm. Leider haben wir bereits nach wenigen Schritten meine Haustür erreicht. Ich stoppe und suche nach meinem Schlüssel.

»Hier sind wir schon.« Unsicher stehe ich vor Eric und warte darauf, dass er etwas sagt.

»Ich hätte gerne deine Telefonnummer.« Es klingt mehr nach einer Aufforderung als nach einer Bitte. Ich wühle in meiner Handtasche nach einem Stift. Eric macht einen Schritt auf mich zu und hat mich zwischen der Hauswand und seinen Armen eingekeilt. Ich sehe zu ihm auf, sein Blick tiefschwarz und durchdringend. Bevor ich ihm wie ein Idiot den Stift vor die Nase halten kann, liegen seine Lippen schon auf meinen. Er streicht mit seinen großen Händen meine Haare nach hinten und presst mich an die Wand. Seine Zunge findet den Weg in meinen Mund, und mit einem Seufzen gebe ich mich dieser intensiven Berührung hin. Mein ganzer Körper steht in Flammen, und ich brauche gleich definitiv ein frisches Höschen. Das wird allerdings noch schlimmer durch Erics Worte. Er steht keuchend vor mir und scheint um Beherrschung zu ringen. Anscheinend erfolglos.

»I wanna fuck you, Nina. I wanna fuck you hard.«

Im Stillen bete ich, dass mein Bruder noch nicht unbemerkt nach Hause gegangen ist und gleich seine Wohnungstür aufreißt. Er wohnt eine Etage unter mir, und es gibt keinen anderen Weg nach oben. Ich ziehe meine High Heels aus und nehme Erics Hand. Mit einem Finger auf den Lippen deute ich ihm, ruhig zu sein. Auf Zehenspitzen schleichend, ziehe ich ihn die Treppe hinter mir hoch. Auf den letzten Stufen zu meiner Etage fasst Eric mich um die Taille und presst sich an mich. Sein heißer Atem in meinem Nacken bringt mich zum Zittern. Er küsst mich auf den Hals und zieht mit seiner Zunge eine unsichtbare Linie bis zu meinem Ohrläppchen.

»Du schmeckst fantastisch. I can't get enough.« Seine Fingerspitzen fahren vorsichtig über die äußeren Rundungen meiner Brüste. Ich wimmere unter seiner Berührung und spüre mein nasses Höschen auf der Haut. Nennt mich Groupie, in diesem Moment ist es mir egal. Ich will ihn nur fühlen. Meine Hand wandert zu seinem Schritt, doch bevor ich *ihn* anfassen kann, drückt Eric seinen Ständer an meinen Po. *Oh, Mama.*

»Ist das genug für dich, pretty?«, keucht er in mein Ohr. Er hat ja keine Vorstellung. Ich werde morgen nicht mehr sitzen können, doch das ist es so was von wert.

»Reicht so gerade«, antworte ich grinsend. Bevor er sich über meine Antwort empören kann, greife ich seine Hand und schiebe sie in mein Höschen. Er drückt seinen Mittelfinger vorsichtig zwischen meine Schamlippen und stöhnt an meiner Schulter, als er merkt, wie feucht ich bin. Sein Finger kreist um meinen Kitzler, doch ich ziehe seine Hand wieder weg. Wenn er weiter macht, dann komme ich innerhalb von Sekunden, und nicht gerade leise. Ich nehme seine Hand und stecke den benetzten Finger in meinen Mund. Sorgfältig lecke und lutsche ich ihn sauber. Eric windet sich hinter mir und versucht, seine Erektion in eine bequemere Position zu schieben.

»Ist das genug für dich?«, frage ich, als ich mit seinem Finger fertig bin.

»Nicht annähernd. Ich will dich schmecken. Und dann will ich dich nackt unter mir.«

Mit wackeligen Knien gehe ich vor ihm die restlichen Stufen rauf und versuche, die Wohnungstür aufzuschließen. Eric steht schon wieder so nah hinter mir und küsst mein Schulterblatt. Seine Hand wandert von meinem Knie zu der Innenseite meines Oberschenkels. Ich zittere unter seiner Berührung. Kurz vor meinem Höschen stoppt er und nimmt mir den Schlüssel aus der Hand. Er öffnet die Tür und zieht mich in die Diele. Mit einem Fußtritt schließe ich die Tür und sehe ihm atemlos zu, wie er sein Jackett auszieht und langsam sein schwarzes Hemd aufknöpft. Als auch dieses Kleidungsstück hinter ihm auf den Boden fliegt, winkt er mich zu sich.

»Come here, pretty.«

Wie hypnotisiert bewege ich mich auf ihn zu und starre dabei auf seinen definierten Oberkörper.

»Do you like what you see?«, fragt er mit einer rauen Stimme, die meine Pussy zum Zucken bringt.

»Sehr!«, antworte ich heiser und fahre mit den Fingerspitzen von seinem Schlüsselbein bis zu dem Bund seiner Anzughose. Er legt mit geschlossenen Augen den Kopf zur Seite und genießt meine Berührung. Ich schließe die letzten Zentimeter Distanz zwischen uns und küsse einen Weg von seinem Hals zu seinen warmen Lippen. Eric öffnet den Reißverschluss am Rücken meines Kleides und lässt es auf den Boden gleiten. Nur im Tanga stehe ich vor ihm. Seine Fingerspitzen streifen meine Brustwarzen, die sich ihm gleich erwartungsvoll entgegenstellen.

»Bedroom?«, fragt er atemlos. Mit einem Kopfnicken zeige ich nach rechts. Eric beugt sich ein Stück nach unten und wirft mich über seine Schulter. Ich quietsche überrascht, doch bevor ich mich wehren kann, hat er sich schon auf die Bettkante gesetzt und mich behutsam vor sich abgestellt. Er legt seine

Hände auf meine Hüften und streicht mit den Daumen über meinen Bauch. Ich zittere unter seiner Berührung. Sein Blick wandert von meinem Gesicht zu meinen Brüsten, und ich fühle mich jetzt doch etwas unsicher. Ich hebe meine Arme, um mich zu bedecken, doch Eric lässt mir keine Chance. Er hält meine Finger fest und zieht mich auf seinen Schoß.

»You don't need to hide. You are beautiful«, wispert er in mein Ohr. Seine warmen Hände fahren über meinen Rücken. Er bedeckt meine Schulter mit feuchten Küssen und schiebt mich näher an sich. Gierig komme ich ihm entgegen und reibe mich an ihm. Seine Erektion drückt sich an meine Scham. Ich suche seinen Mund und zeichne mit der Zungenspitze seine Oberlippe nach. Eric stöhnt an meinem Lippen und öffnet sich willig. Unsere Zungen finden sich, und auch unsere Hände erkunden jeden verfügbaren Quadratzentimeter Haut. Wir verhalten uns wie zwei Liebende, die nach einer langen Trennung hungrig aufeinander sind. Doch wir sind nur zwei Fremde, die in einem leicht beschwipsten, hormonellen Überschwang in meinem Schlafzimmer gelandet sind. Bevor mich dieser Gedanke wieder ausnüchtern kann, hat Eric mich auf den Rücken gelegt und sich über mir abgestützt.

»Kann ich dein Höschen ausziehen? I wanna taste you.«

Statt einer Antwort beiße ich mir auf die Lippe und nicke nur. Eric setzt sich zwischen meine gespreizten Beine und zieht mir den Tanga über die Schenkel. Als er bei meinen Knien angelangt ist, umfasst er mit einer Hand meine Fesseln und hebt sie an, um das kleine Stückchen Stoff auch den restlichen Weg herunterziehen zu können.

»Blank. Ich hatte recht«, murmelt er mit einem hungrigen Blick auf meine rasierte Scham. Triumphierend hält er meinen Tanga hoch und steckt ihn dann in seine Hosentasche. Bevor ich Einspruch einlegen kann, hat er meinen rechten Fuß hochgehoben und meinen großen Zeh zwischen seine Lippen genommen. Das kann nicht sein Ernst sein! Ich meine ... Füße ... ernsthaft.

Jegliche Zweifel werden ausgelöscht, als er seine Zunge um meinen Zeh kreisen lässt. Ich musste erst 23 Jahre alt werden, um zu lernen, dass eine direkte Verbindung zwischen meinem großen Zeh und meiner Pussy besteht. Und was für eine Verbindung. Es fühlt sich an, als wäre seine Zunge direkt auf meinem Kitzler. Ich winde mich auf der Bettdecke und weiß nicht, wo ich mit meinen Händen hin soll. Erics Reißverschluss und das, was sich dahinter versteckt, wären jetzt eine gute Beschäftigung, doch er hat mein Fußgelenk fest im Griff.

»Eric«, keuche ich. »Deine Hose. Runter damit. Ich muss dich in mir spüren.«

Endlich lässt er meinen Fuß los. Die intensive Berührung war schon beinahe zu viel. Er öffnet seine Hose und lässt sie auf den Boden fallen, streift sich dabei geschickt die Schuhe ab. Gleich hinterher fliegen seine Boxershorts, und einen Augenblick später steht er nackt vor mir. Seine Erektion springt mir entgegen. Bei dem Anblick läuft mir das Wasser im Mund zusammen. Ich kann nicht anders, als mich aufzusetzen und ihn in den Mund zu nehmen. Ich lecke über seine Eichel und nehme den Teil in die Hand, der nicht in meinen Mund passt. Mit meiner Zunge erkunde ich jetzt die Unterseite seines Schafts und halte mich zur Unterstützung an seinem Po fest. Eric kommt mir stoßweise entgegen, doch seine Bewegungen werden schnell sporadischer. Schließlich zieht er sich keuchend zurück und drückt mich aufs Bett.

»Habe ich etwas falsch gemacht?«, frage ich verunsichert.

Er lacht. »Nein, du hast es verdammt richtig gemacht. Aber ich möchte in dir sein, wenn ich komme.«

Er rutscht ein Stück nach unten und nimmt eine meiner Brustwarzen in den Mund, die sich unter seiner Liebkosung gleich wieder zusammenziehen.

»Ich hoffe inständig, du hast Gummis hier«, sagt er, bevor er sich dem anderen Nippel widmet.

»Nachttischschublade«, stöhne ich mehr, als dass ich es sage. Ich reibe mich an Erics Oberschenkel und merke schon das vertraute Ziehen in meinem Unterleib. Doch bevor ich es mit seinem Bein treiben kann, löst er sich von mir und greift in meinen Nachttisch. Er legt eine Folienpackung an den Bettrand und verteilt Küsse auf meinem Bauch. Als er unterhalb meines Bauchnabels ankommt, merke ich sein kurzes Zögern. Die zwanzig Zentimeter lange Narbe ist nach 15 Jahren schon sehr verblasst, doch wer mir so nahe kommt wie Eric, entdeckt sie natürlich.

Er übergeht es zum Glück und macht gleich da weiter, wo er aufgehört hat. Seine Fingerspitzen folgen der Spur seiner Küsse, und schließlich drückt sich seine Zunge zwischen meine Lippen. Mit den Fingern teilt er sie vorsichtig und kreist mit seiner Zungenspitze um meine Klitoris. Ich weiß wieder nicht, wohin mit meinen Händen, also liebkose ich meine Brüste und kneife sanft in meine Brustwarzen. Eric sieht zu mir auf und stöhnt.

»Delicious. Aber jetzt habe ich ein Versprechen einzulösen.« Er greift sich das Kondom, streift es geschickt über und klettert dann wieder zwischen meine Schenkel.

»Von welchem Versprechen reden wir hier?«, frage ich unschuldig. Seine Hand wandert in meine Kniekehle und winkelt mein Bein an.

»I will fuck you now«, antwortet er heiser, und dringt mit einem Stoß tief in mich ein.

»Oh«, ist alles, was ich noch äußern kann, während ich mich an seinen Oberarmen festklammere. Eric stützt sich mit den Ellbogen neben meinem Kopf ab und streicht mir die Haare aus der Stirn.

»Are you okay?«, fragt er besorgt. Sein Blick ist verhangen, und er bemüht sich sichtlich, sich nicht zu bewegen.

»Mach weiter. Bei mir ist alles gut«, presse ich heraus. Ich will ihn endlich richtig spüren. Das Kribbeln in meinem Unterleib ist schon fast unerträglich. Ich streiche durch seine Haare und stöhne schamlos, als er sich endlich bewegt. So gut. So warm.

In dem Augenblick, als ich denke, dass es schon viel zu lange her ist, höre ich Eric etwas murmeln, das klingt wie: »… been a long time.«

Ich streiche über seinen Rücken und komme ihm bei jedem Stoß entgegen.

»That's it, pretty«, keucht er an meinem Hals. Er nimmt mein Ohrläppchen zwischen seine vollen Lippen und verwöhnt es mit seiner Zunge. Noch eine Stelle, von der ich nicht wusste, dass sie direkte Verbindung zu meiner Klitoris hat. Bevor ich meine Hand zwischen uns schieben und mich selbst zum Orgasmus bringen kann, hat Eric uns auf dem Bett herumgerollt. Er drückt mich in eine sitzende Position. Es gefällt mir, dass er mich anfasst, als würde ich nicht mehr wiegen als eine Feder. Langsam komme ich in einen Rhythmus und lege meinen Kopf in den Nacken. Ich stütze mich mit den Händen auf seine Oberschenkel. Eric packt meine Hüften und kommt mir bei jedem Stoß entgegen. Das Ziehen in meinem Unterleib wird wieder stärker. Ich bin an dem Punkt, an dem es kein Zurück mehr gibt. Ich lehne meinen Oberkörper an Erics Brust und vergrabe mein Gesicht an seinem Hals. Durch den veränderten Winkel wird der Druck auf meinen Kitzler noch mehr verstärkt.

»Eric, ich bin … ich komme …«, stöhne ich in sein Ohr. Er nimmt mein Gesicht in seine großen Hände und zwingt mich, ihn anzusehen.

»Show me«, fordert er. Er hält mich aufrecht und sieht mir die Augen, während er weiter in mich stößt. Ich hänge schlapp in seinem Griff und lasse meinen Körper von den Wellen meines Höhepunkts überrollen.

Bevor ich die Chance habe, mich zu erholen, hat Eric mich auf den Bauch gelegt und sich von hinten zwischen meine Schenkel positioniert. Meine Gliedmaßen bestehen nur noch aus Pudding. Selbst wenn ich mich wehren wollte, könnte ich es gerade nicht. Mit einer fließenden Bewegung dringt er wieder in mich ein und presst dabei seinen Oberkörper an meinen Rücken. Ich wimmere unter ihm, bin immer noch kaum zu einem klaren Gedanken in der Lage. Eric bedeckt meine Schultern mit Küssen und stößt jetzt heftig in mich. Er schiebt eine Hand unter meine Hüfte und kreist mit zwei Fingern um meine Klit.

Oh nein, nicht schon wieder.

Er leckt über meine Ohrmuschel und keucht: »I'm comin‹. Come with me, pretty girl.«

Mit exakt diesen Worten stößt er mich ein weiteres Mal über die Klippe, und ich reiße ihn mit mir. Er hält meine Hüften fest, als er seinen Saft in mich pumpt. Für einen Moment hält er sich über mir, bevor er sich zur Seite rollt und mich an sich zieht. Er vergräbt seine Nase in meinen Haaren und inhaliert meinen Duft. Behutsam deckt er mich zu und hält mich, bis ich einschlafe.

»So pretty«, ist das Letzte, was ich höre, bevor ich ins Land der Träume gleite.

2.

0176/5014XXX
Call me. Please?
Eric

Diese Nachricht finde ich am nächsten Morgen an meinem Kühlschrank. Ich habe schon in der Nacht bemerkt, wie er seine Klamotten zusammengesucht und sich aus der Wohnung geschlichen hat. Nicht, dass ich es ihm verübeln könnte. Er hat deutlich gesagt, dass er nach Hause muss, und eigentlich habe ich nichts anderes erwartet. Der Sex mit ihm war fantastisch, doch damit habe ich mich zum Groupie gemacht. Mal abgesehen von der Tatsache, dass Thorsten erst Eric und dann mich tötet, wenn er davon erfährt.

Ich mache mich gerade auf die Suche nach meinem Handy, um meiner verschollenen Freundin Jule eine Nachricht zu hinterlassen, als es zaghaft an meine Wohnungstür klopft.

Hastig greife ich meinen Morgenmantel aus dem Schlafzimmer und streife ihn über. Vor der Tür steht Jule mit einem schuldbewussten Hundeblick und meinen High Heels in der Hand. Fuck. Die muss ich gestern Abend im Eifer des Gefechts auf der Treppe vergessen haben.

»Ich frage nicht, wie die auf die Treppe gekommen sind, wenn du mich nicht wegen des gestrigen Abends anfauchst. Deal?«, fragt sie leise.

»Deal. Komm rein.« Ich halte ihr die Tür auf und winke sie an mir vorbei. Sie wirft meine Schuhe in der Diele auf den Boden und macht sich in der Küche gleich an der Kaffeemaschine zu schaffen. Auf der Suche nach Milch entdeckt sie den Zettel am Kühlschrank. Sie dreht sich zu mir um und sieht mich vielsagend an.

»Das klärt dann auch die Schuhfrage.«

»Gestern Abend? Die Entschuldigung heißt Jannis?«

»Als ob ich darauf noch antworten müsste«, erwidert sie trotzig. »Und jetzt geh bitte duschen. Ich kümmere mich ums Frühstück. Du stinkst nach Sex, das ist ja unerträglich.«

»Nur kein Neid.«

Im Bad binde ich mir die Haare hoch und steige unter den dampfenden Duschstrahl. Das heiße Wasser prasselt auf meinen Rücken und entspannt meinen so wunderbar wunden Körper. Meine Gedanken wandern zur letzten Nacht, Erics Hände auf meiner Haut, seine Lippen auf meinem Mund, sein … stopp, Nina. Groupiemodus aus. Es reicht. So weit sollte das nie gehen. Eine Nacht und damit Schluss. Mach dich nicht lächerlich.

Ich dusche mich zügig ab, wickle mich in ein Badetuch und gehe wieder in die Küche. Jule hat unser Frühstück auf der Terrasse gerichtet. Mit einer Tasse Kaffee geselle ich mich zu ihr.

»Thorsten war gerade hier. Er war sehr aufgebracht und wollte wissen, mit wem du die letzte Nacht verbracht hast. Hab ich irgendwas verpasst?«, fragt sie zwischen zwei Happen Müsli.

»Er hat mich gestern mit Eric gesehen. Eric ist der neue Teamkollege.«

Jules Augen treten fast aus ihren Höhlen, und sie verschluckt sich heftig. Ich klopfe auf ihren Rücken, um ihre Atemwege freizumachen. Als sie wieder vernünftig sprechen kann, keift sie mich an.

»Was zur Hölle? Nina, bist du irre? Gott sei Dank hatte ich die Geistesgegenwart, mich vor die Notiz am Kühlschrank zu stellen und Thorsten zu sagen, dass ich heute Nacht hier geschlafen habe. Du weißt schon, dass er durchdreht, wenn er das erfährt?«

Genervt knalle ich meine Kaffeetasse auf den Tisch.

»Jule, ich hab das so satt. Er kann nicht ewig den großen Bruder spielen. Du weißt, wie dankbar ich ihm bin, dass er sich damals um mich gekümmert hat. Jeder hätte verstanden, wenn er das abgelehnt hätte. Er hätte mich dem Jugendamt überlassen können, aber er hat sich für mich aufgeopfert. Ich liebe ihn mehr als alles in der Welt, aber ich kann nicht mehr. Ich bin 23, ich kann und muss gewisse Erfahrungen selbst machen.«

»Er liebt dich genauso und noch viel mehr«, kommt eine tiefe Stimme aus der Richtung meiner Küche. Ich drehe mich um und sehe David, den Lebensgefährten meines Bruders, in der Terrassentür stehen.

»Entschuldige, deine Wohnungstür war nur angelehnt. Hey, Kleine.«

Er kommt auf mich zu und drückt mich fest an sich.

»Wie viel hast du gehört?«, frage ich, als er Jule begrüßt und sich neben mich auf den Stuhl gesetzt hat.

»Genug, um Thorstens Vermutungen zu bestätigen und die Telefonnummer an deinem Kühlschrank zu erklären.«

»David, ich ...«

Mein Fast-Schwager fährt mir gleich über den Mund. »Ich werde keinen Ton sagen. Ich weiß, wie Thorsten ist. Aber er will dir nur eine weitere Enttäuschung wie die deiner letzten Beziehung ersparen.«

Danke für die Erinnerung. Mein feiner Exfreund Karsten, der mich nach 2 Jahren mit einer Arbeitskollegin betrogen hat und es damit entschuldigen wollte, dass er es nicht mehr ertragen konnte, mit einer halben Frau zusammen zu sein. ARSCHLOCH. Es ist nicht meine Schuld, dass ich keine Kinder bekommen kann.

David verlässt uns nach einem Kaffee gleich wieder, mit dem Versprechen, meinen Bruder ein wenig zurückzupfeifen.

»Hast du morgen Spätdienst?«, lenkt Jule vom Thema ab. Wir haben gemeinsam unsere Ausbildung gemacht, wo wir uns auch kennengelernt haben, und arbeiten jetzt in derselben Kindertagesstätte.

»Ja, Gott sei Dank. Ein Wochenanfang mit Frühdienst ist die Hölle, und ich habe für heute Abend fest eine Flasche Rotwein eingeplant.«

»Na, danke auch. Ich würde dir ja gerne Gesellschaft leisten, aber ich muss um halb sechs aufstehen.«

Als Jule sich auch verabschiedet, räume ich den Tisch ab und trinke noch eine Tasse Kaffee an meinem Küchentisch. Mein Blick fällt immer wieder auf den Zettel an meinem Kühlschrank. Ich hadere mit mir, mich wirklich bei ihm zu melden. Auch wenn so etwas gar nicht meine Art ist. Auch wenn es absolut sensationell war und ich noch nie so geilen Sex hatte. Wobei Letzteres echt eine traurige Tatsache ist.

Gestern Abend war ich mir vollkommen sicher, dass es nur eine einmalige Sache ist. Verdammt, vor zwei Stunden war ich mir noch sicher. Ich nehme mein Handy vom Tisch und schreibe ihm eine kurze Nachricht.

Ich will mein Höschen zurück. Nina

Wenige Minuten später kommt schon eine Antwort.

Dein Höschen fühlt sich ausgesprochen wohl in meiner Nachttischschublade. Mir sind da Gerüchte zu Ohren gekommen bezüglich deiner Verbindung zum Team. Luder. Dafür schuldest du mir was. Ruf mich gegen 21.00 Uhr an, wenn du dich traust. Dann erzähl ich dir, wie es deinem Höschen geht.
Eric.

Nach einem ausgiebigen Entspannungsbad und zwei Gläsern Rotwein bringe ich schließlich den Mut auf, Eric anzurufen. Bereits nach dem zweiten Klingeln nimmt er atemlos ab.

»Hey pretty«, keucht er in den Hörer.

»Ähm. Hallo. Eric?«, frage ich unsicher.

»Gibt's noch andere Männer, die dich Pretty nennen?«

»Nein, sicher nicht. Störe ich? Du bist so außer Atem.«

Eric lacht und ich kann ihn förmlich kopfschüttelnd vor mir sehen. »Darlin', ich habe dich gebeten, mich anzurufen. Selbstverständlich störst du nicht. Ich komme nur gerade von meiner Laufrunde und hatte frühestens in einer halben Stunde mit dir gerechnet.«

Ein Blick auf die Uhr sagt mir, dass es erst halb neun ist. Ich war wohl etwas übereifrig. Oder etwas schneller angeheitert als geplant.

»Oh, sorry. Soll ich später noch mal anrufen?« Meine Gedanken wandern zu Erics verschwitztem Körper, nur mit einer Shorts bekleidet.

»Hallo, bist du noch dran?« Erics erhobene Stimme reißt mich aus meinem Tagtraum.

»Ja, ähm. Entschuldige, was hast du gerade gesagt?«

»Ich habe gesagt, dass es kein Problem ist. Ich kann auch später duschen gehen.« Dusche. Eric. Nass. Ich schweife schon wieder ab.

»Gut«, antworte ich einsilbig.

»Was ist los, Nina? Gestern warst du nicht so still.«

Wann? In der Bar, oder als ich unter dir lag?

»Ich weiß nicht. Es ist irgendwie … ich weiß selbst nicht genau, warum ich angerufen habe.«

»Nina, darf ich dir etwas erzählen?« Seine Stimme wird ernst. Ich würde jetzt gerne sein Gesicht sehen.

»Ja, natürlich.«

»Erst mal möchte ich mich entschuldigen, dass ich gestern Nacht einfach abgehauen bin. Ich bin wirklich froh, dass du meine Telefonnummer genutzt hast.«

»Hey, es ist in Ordnung. Du hast mir ja gesagt, dass du nach Hause musst.«

»Nein, es ist nicht in Ordnung. Versteh mich nicht falsch. Ich bereue keine Sekunde von dem, was da gestern Abend passiert ist, aber so etwas ist eigentlich nicht meine Art.«

Ja klar, sexy Footballspieler sind ja bekannt für ihr abstinentes Leben. Nicht, dass ich Vorurteile hätte.

»Und was ist deine Art?«

»I would like to know you better«, antwortet er zögerlich.

»Hm«, lautet meine kurze und völlig beschränkte Antwort.

Einen Moment herrscht Stille, bevor Eric wieder spricht.

»Warum hast du mir nicht gesagt, dass Thorsten dein Bruder ist?«

Oh Shit. Das Thema hatte ich verdrängt.

»Es tut mir leid. Ich dachte nicht, dass es so weit gehen würde. Hoffentlich hast du jetzt keinen Ärger. Wenn Thorsten das erfährt, rastet er aus.«

»Ich habe keinen Ärger und ich habe auch keine Angst vor deinem Bruder. Eine kleine Warnung wäre trotzdem nett gewesen.«

»Entschuldige«, erwidere ich kleinlaut.

»Lass uns das vergessen. Ich mag ein bisschen mit dir reden. Hast du Zeit?«

»Ja, ich bin fertig für heute und habe morgen Spätschicht. Und zwei Gläser Wein habe ich auch schon drin.«

Eric lacht lauthals. »Musstest du dir Mut antrinken?«

»Ja, so etwas in der Art. Kann ich dich was fragen?«

»Sure. Was willst du wissen?«

»Warum fällst du eigentlich zwischendurch ins Englische zurück, obwohl du so makellos Deutsch sprichst? Nicht, dass ich das schlimm fände.«

Er muss ja nicht gleich wissen, dass es mir jedes Mal ein feuchtes Höschen beschert. Eric zögert einen Moment, bevor er antwortet.

»Schwer zu sagen. Bestimmte Dinge kann ich einfach leichter in meiner Muttersprache ausdrücken. Es fühlt sich irgendwie besser an. Die deutsche Sprache ist manchmal so hart.«

»Wieso kannst du eigentlich so gut Deutsch?«

»Ich bin von der ersten bis zur sechsten Klasse hier zur Schule gegangen. Mein Vater war bei der Army und in der Zeit in Deutschland stationiert.«

»Und warum bist du jetzt wieder hier?«, frage ich neugierig.

»Dir ist schon bewusst, dass du mich gerade ganz schön ausfragst? Ich dachte eigentlich, das würde andersrum laufen.«

»Du kannst mich ja gleich fragen.«

»Mein Vertrag in Texas lief aus und mein Vater will seinen Ruhestand in Deutschland verbringen. Er hat es hier immer geliebt. Dann kam das Angebot der Hunters. Also habe ich nicht lange gezögert und bin mitgegangen. Was allerdings zu dem uncoolen Zustand geführt hat, dass ich momentan in der Einliegerwohnung meiner Eltern lebe.«

»Wie alt bist du, Eric?« Er muss ja nicht wissen, dass ich ihn heute Nachmittag gestalkt und seinen Namen durch ein paar Suchmaschinen im Internet laufen lassen habe. Schlauer bin ich dadurch leider auch nicht geworden.

»Ich bin 28. Und du?«

»23.«

»Sweet. Was machst du beruflich?«

»Ich bin Erzieherin.«

»Kindergärtnerin?«, fragt er nach. Sein Deutsch ist scheinbar doch nicht so perfekt.

»Ja, das ist es, was ich tue.« Ich höre, wie er scharf die Luft einzieht.

»Stimmt was nicht?«

»Nein, alles bestens.«

Ich gehe von der Küche ins Wohnzimmer und lasse mich auf dem Sofa nieder. Eric hört wohl das Rascheln im Hintergrund und fragt nach. »Was machst du?«

»Ich habe es mir nur gerade auf dem Sofa gemütlich gemacht.«

»Was hast du an?«, fragt er mit lüsternem Unterton.

»Eric!«

»Ja ja, ich bin schon brav.«

»Wie geht's eigentlich meinem Höschen?«

»Ich dachte, ich soll brav bleiben.«

»Mal im Ernst. Was willst du damit? Bist du ein Trophäensammler?«

»Was meinst du?«, fragt er verwirrt.

»Ich meine damit, sammelst du die Höschen von all deinen Eroberungen?«

»Du glaubst das wirklich, oder?«

»Eric, mein Bruder spielt schon ein paar Jahre Football und ich habe genug gesehen. Du bist nicht hässlich und das weißt du auch.«

»Ich werde mich nicht für Vorurteile rechtfertigen, an denen du dich festgebissen hast. Aber ich will dich wiedersehen. Möchtest du das auch, darlin'?«

»Ich weiß nicht. Meine letzte Beziehung ist nicht gut ausgegangen. Es ist alles noch ziemlich frisch. Ich kann das im Moment einfach nicht.« Ich weiß eigentlich selbst nicht, warum ich das sage. Ehrlich gesagt bin ich froh, dass es vorbei ist, und ich weine dem Penner keine Träne hinterher. Nicht mehr. Von »frisch« kann man auch nicht gerade reden, da es schon zehn Monate her ist. Auch wenn mich die ganze Situation tief verletzt hat, ihn habe ich längst überwunden.

Eric seufzt am anderen Ende der Leitung.

»Nina, ich bitte dich nur darum, dich näher kennenlernen zu dürfen. Nicht mehr und nicht weniger.«

»Was ist mit meinem Bruder? Er wird dir das Leben zur Hölle machen.«

»Ernsthaft? Ich bin eigentlich nicht so jemand, aber wenn dein Bruder glaubt, mir das Leben schwer machen zu müssen, werde ich ihn dezent darauf hinweisen, dass ich seine sexuelle Orientierung ungerne zum Thema machen möchte.«

Ich bin völlig schockiert. Woher weiß er das? Er ist erst seit ein paar Wochen im Team. Mein Bruder mag schwul sein, doch ist er absolut niemand, der irgendwelche Klischees bedient. Man sieht es ihm wirklich nicht an. Eric nimmt mein Schweigen wohl als Zustimmung, was für ihn vielleicht nur eine Vermutung war.

»Es ist offensichtlich. Keiner der Jungs starrt mich in der Dusche so auffällig unauffällig an wie Thorsten. Aber keine Sorge, die anderen sind völlig ahnungslos. Keine Ahnung, wie man so blind sein kann.«

»Du kannst ihn nicht damit erpressen. Er hat so hart dafür gearbeitet.« Meine Stimme klingt ängstlicher, als mir lieb ist.

»Nina, Nina. Keine Panik«, versucht er, mich zu beruhigen. »Das war keine Drohung. Ich will dich nur kennenlernen, und ich werde mir von deinem Bruder keinen Strich durch die Rechnung machen lassen. Darf ich dich wieder anrufen?«

Ich zögere einen Augenblick, doch irgendwie kann ich es nicht ablehnen. »Ja, gerne.«

Eric gibt einen erleichterten Seufzer von sich.

»Darlin'?« Er hat ja keine Ahnung, was er mir mit seinem Kosenamen antut.

»Ja?«

»Dein Höschen? Es war mir heute Morgen sehr hilfreich. Deine Pussy macht süchtig. Have a good night and some really sweet dreams.«

Bevor ich etwas erwidern kann, hat er die Verbindung schon getrennt. Ich starre ungläubig auf das Telefon in meiner Hand. Ist das gerade wirklich passiert?

3.

Die letzten Tage vor den Ferien sind meistens ruhig im Kindergarten. Viele Eltern sind schon mit ihrem Nachwuchs in den Urlaub gefahren und die neuen Kinder kommen erst nach den Ferien. Heute sind nur 10 Kinder in unserer Gruppe, was einen entspannten Vormittag verspricht. Ich bin darüber sehr dankbar, denn mir geht es überhaupt nicht gut. Mir war die ganze Nacht übel, obwohl ich nach dem Telefongespräch mit Eric den restlichen Wein im Ausguss entsorgt habe. Außerdem habe ich das Gefühl, dass ich Fieber bekomme. Anscheinend ist eine Grippe im Anmarsch.

»Du siehst gar nicht gut aus«, bemerkt auch meine Kollegin Martina.

»Ich glaube, ich brüte was aus. Mir war schon die ganze Nacht übel.« Martina legt mir ihre kühle Hand in den Nacken und jagt mir damit einen Schauer über den Rücken.

»Du bist glühend heiß. Willst du nicht nach Hause gehen? Ich komme hier klar.«

»Ich bin doch gerade erst angekommen. Die Chefin wird nicht begeistert sein.«

Martina sieht mich besorgt an. Sie war immer schon sehr mütterlich zu mir. Sie ist Mitte 40 und hat selbst keine Kinder. Auch wenn ich sie wirklich mag und mich eigentlich danach sehne, tut es mir weh, wenn sie sich um mich sorgt. Es erinnert mich zu sehr an meine Mutter.

»Süße, mit der Chefin werde ich fertig. Du siehst aus wie der Tod und gehst jetzt nach Hause. Wenn du dich vor den Kindern übergibst, hat keiner was davon. Schaffst du es allein, oder soll ich deinen Bruder anrufen?«

»Nein, ich komme schon klar. Danke, Martina. Ich melde mich, wenn ich Genaueres weiß.«

»Kein Problem, Nina. Ich hol mir gleich unsere Praktikantin und dann passt das schon.«

Ich verabschiede mich von den Kindern und meiner Kollegin und mache mich auf den Weg zu meinem Auto. Mir geht es minütlich schlechter und ich überlege, ob ich nicht doch besser Thorsten anrufen soll.

Mit kurzen Zwischenstopps, um gegen den Schwindel zu kämpfen, finde ich doch heil meinen Weg nach Hause. Ich schaffe es gerade noch in die zweite Etage, um an Thorstens Tür zu klingeln. Mein Puls rast und mein Herz scheint mir aus dem Hals springen zu wollen. David öffnet mir. Seine Miene wird gleich von großer Besorgnis überschattet.

»Was ist los? Du siehst ja furchtbar aus.«

»Dave, mir geht's überhaupt nicht gut«, würge ich hervor.

Ein stechender Schmerz, als hätte mir jemand ein Messer in die Seite gejagt, lässt mich nach vorne sacken. Ich spüre gerade noch, wie mich zwei starke Arme auffangen, bevor alles schwarz wird.

Die Sonne blendet meine empfindlichen Augen, doch ich habe keine Kraft, um schützend meine Hände davor zu legen. Immer wieder drifte ich in einen wunderbaren Zustand der Bewusstlosigkeit ab, um mit Verwirrung daraus aufzutauchen. Ich fühle, wie mir Tränen die Wangen herablaufen und sich in meinen Haaren sammeln, aber ich spüre überhaupt nicht, dass ich weine. Ich habe kein Zeit- und Raumgefühl, doch ich scheine in einem Krankenbett zu liegen. Eine Schwester tritt an meine Seite und lächelt mich an. Sie überprüft ein paar Dinge – ich habe keinen Schimmer was sie da macht – und gibt dann einem Pfleger ein Zeichen, um mich aus dem Raum zu schieben. Das Schaukeln meines Bettes lässt mich wieder in meinen wunderbaren Dämmerzustand abdriften. Es fühlt sich so viel besser an als die Erinnerung an den Schmerz, die irgendwo in meinem Unterbewusstsein rumgeistert.

Als ich das nächste Mal die Augen aufschlage, ist die Sonne bereits untergegangen. Mein Bett ist in einer anderen Position und in einem anderen Raum. Allmählich arbeiten mein Kopf und mein Körper wieder miteinander. Ich versuche mich aufzusetzen, doch bevor ich nur meinen Oberkörper angehoben habe, drückt mich eine große Hand sanft nach unten. Mein Mund fühlt sich an wie ein alter Teppich, ich brauche dringend etwas zu trinken.

Das Gesicht meines Bruders erscheint über mir. Er sieht um zehn Jahre gealtert aus und damit unserem Vater verdammt ähnlich.

»Da bist du ja. Du hast mich zu Tode erschreckt. Mach das nie wieder, hörst du?« Liebevoll schaut er mich an und streichelt mir über die Wange.

»Was ist passiert?«, frage ich mit kratziger Stimme.

»Du hattest einen Blinddarmdurchbruch und bist notoperiert worden. Das war nicht lustig, Schwesterherz.«

Nein, das war es definitiv nicht.

»Kann ich was trinken?«

»Die Schwester hat gesagt, nur kleine Schlucke. Warte, ich stelle dein Bett hoch. Dann kann ich dir was geben.«

Thorsten zieht das Kopfteil ein paar Zentimeter nach oben und hält mir eine Schnabeltasse an den Mund. Ich trinke in kleinen Schlückchen, obwohl ich mir am liebsten gleich eine ganze Flasche wegziehen würde. Erst jetzt nehme ich David wahr, der in einer Ecke des Raums zusammengesunken im Stuhl sitzt. Er winkt mir schüchtern zu. Ich strecke meine Hand zu ihm aus und bitte ihn, auch zu mir zu kommen.

»Danke«, sage ich, als er neben mir steht.

»Nicht dafür«, erwidert er unsicher. Ich könnte meinem Bruder manchmal eine runterhauen. Nur weil er nicht die Eier hat, seine Beziehung offiziell zu machen, verhält David sich auch in solchen Momenten, als würde er nicht dazugehören. Dabei ist er in den letzten drei Jahren zu einem zweiten Bruder für mich geworden.

Ich verstehe Thorsten nicht. Wie kann er etwas so Wertvolles riskieren, wenn wir doch sonst niemanden mehr haben? Der Gedanke ist genug, um die Schleusen zu öffnen. Ich heule wie ein Baby. Thorsten streift seine Schuhe ab und legt sich neben mich. Ich vergrabe mein Gesicht an seinem Hals und schluchze. Mein Bruder lässt mich einfach weinen und streichelt mir übers Haar. Ich hebe meinen Kopf nicht, aber strecke meine Hand zu David aus. Der schlüpft endlich auch aus seinen Schuhen und legt sich auf meine freie Seite. Ich kann die bohrenden Blicke meiner Bettnachbarin fühlen, doch ihre Meinung zu uns könnte mich kaum weniger interessieren.

»Klingt es sehr kindisch, wenn ich sage, dass mir gerade meine Mama fehlt?«, frage ich leise. Beide Männer verneinen es kopfschüttelnd. Thorsten schluckt schwer und zieht mich noch enger an sich.

»Kein Stück«, flüstert er in mein Haar.

Irgendwann muss ich wieder eingeschlafen sein. Als ich aufwache, sind Thorsten und David weg und das Zimmer ist dunkel. Meine Bettnachbarin schläft.

Der Anblick neben mir lässt mich vor Schreck beinahe aus dem Bett springen, wenn mich der schmerzhafte Schnitt an meinem Bauch nicht daran hindern würde. Eric sitzt an meiner Seite, hält meine Hand und grinst mich an. Doch allein der Versuch, mich aufzusetzen, lässt mich mit schmerzverzerrtem Gesicht wieder ins Kissen sinken.

Eric streicht mir über die Wange.

»Bleib liegen, darlin'. Schlaf weiter. Ich wollte nur sehen, wie es dir geht.«

»Was machst du hier? Woher weißt du, dass ich hier bin«, flüstere ich, um meine Nachbarin nicht zu wecken. Eric legt seinen Kopf neben meinen aufs Kissen, damit wir nicht so laut reden müssen.

»Dein Bruder ist heute aus einer Besprechung gestürmt, weil er einen Anruf bekommen hat, dass du mit dem Rettungswagen ins Krankenhaus gekommen bist. Der Rest war Detektivarbeit.«

»Stalker!«, erwidere ich mit einem gequälten Lächeln.

»Hey, ich hab mir nur Sorgen gemacht. Was ist eigentlich passiert?«

»Ich hatte einen Blinddarmdurchbruch mit anschließender Notoperation. Und wie bist du an der Nachtschwester vorbeigekommen?«

Eric spielt mit meinen Haaren. Sein Gesicht ist so nah an meinem. Wenn ich nicht Sorge hätte, dass mein Atem nach der ganzen Aktion übel riecht, würde ich ihn jetzt küssen.

»Ein bisschen Bestechung mit einer Runde Starbucks Coffee fürs Schwesternzimmer und etwas von meinem Charme. War einfacher als erwartet.«

Meine Lider werden schon wieder schwer, doch ich möchte nicht einschlafen, solange er hier ist. Eric bemerkt meinen Kampf gegen den Schlaf.

»Schlaf weiter. Ich muss sowieso nach Hause. Aber ich komme morgen zurück. Kannst du mir eine SMS schicken, wenn dein Bruder weg ist? Ich habe gesehen, dass dein Handy im Nachttisch neben dir liegt.«

Ich nicke schwach und versuche erfolglos, meine Augen offen zu halten. Bevor ich wieder im Tiefschlaf versinke, spüre ich, wie Eric mir einen Kuss auf die Stirn drückt.

Die Zeit im Krankenhaus vergeht schneller als erwartet. Die Tage sind ausgefüllt mit Besuchen von Jule, meinem Bruder mit David, oder manchmal auch nur David alleine. Meine Kollegin Martina hat sogar, in Absprache mit den Eltern, die ganze Kindergartengruppe mitgebracht. Sie haben mir ein Lied gesungen, um mir gute Besserung zu wünschen. Ich muss nicht erwähnen, dass ich geheult habe wie ein Schlosshund? Nach 10 Minuten sind sie wieder abgezogen. Weniger meinetwegen, sondern wegen der genervten Blicke meiner Bettnachbarin.

Am späten Abend schleicht Eric sich zu mir rein und bleibt für eine halbe Stunde. Er besticht immer noch die Nachtschwester. Seitdem ich wieder normal essen darf, bringt er auch mir eine kleine Leckerei mit. Ich genieße seine Besuche, doch ich frage mich, warum er das macht. Er kennt mich kaum und hat nach der einen Nacht, die man ja schon fast als Unfall bezeichnen kann, keinen Grund, so viel Fürsorge mir gegenüber zu zeigen.

»Gehst du nicht normalerweise um diese Uhrzeit joggen?«, frage ich ihn am letzten Abend vor meiner Entlassung.

Ich sitze auf meiner Bettkante, und Eric steht verunsichert vor mir.

»Ich laufe zum Krankenhaus und wieder zurück. Das ist die Ausrede, damit meine Mutter keine Fragen stellt. Sie ist neugieriger, als sie es in meinem Alter sein sollte.«

Es scheint ihm wirklich peinlich zu sein, dass er mit seinen Eltern unter einem Dach wohnt, auch wenn es zwei getrennte Wohnungen sind. Ich finde es überhaupt nicht schlimm. Aber das liegt wohl daran, dass ich einfach nur froh wäre, wenn ich meine Eltern noch hätte.

Meine Bettnachbarin ist zum Glück gestern entlassen worden, und bisher habe ich das Zimmer für mich allein. Eric schiebt meine Knie ein Stück auseinander und stellt sich ganz nah vor mich. Er streicht mir eine Haarsträhne hinters Ohr und legt seine Hand auf meine Wange. Ich kann nicht anders, als mich in seine Berührung zu lehnen.

»May I kiss you?«, fragt er leise. Ich nicke nur, ohne meine Lider zu öffnen. Er nimmt mein Gesicht in seine warmen Hände und küsst zaghaft meine Unterlippe. Bevor der Kuss intensiver werden kann, lässt er auch schon von mir ab. Ich seufze und öffne langsam meine Augen.

»I gotta go, pretty girl.«

»Ich weiß.«

Und schon ist er wieder verschwunden.

Enttäuscht lehne ich mich auf meinem Bett zurück und überlege, ob Eric den Herzschmerz wert ist. Er scheint Geheimnisse zu haben. Bei manchen Dingen habe ich den Eindruck, dass er mir nur die halbe Wahrheit sagt. In der Nacht wälze ich mich schlaflos durch das verfluchte Krankenhausbett.

»Hast du alles?« David hat mich aus dem Krankenhaus abgeholt und auf der Couch in meiner Wohnung platziert. Ich lege mich auf die Seite und er deckt mich liebevoll zu.

»Hat Thorsten den Karton mit Kinderbüchern aus dem Keller geholt?«, frage ich ihn. Ich habe vor ein paar Wochen auf dem Flohmarkt einige Bücher für den Kindergarten erstanden und wollte meine Genesungszeit nutzen, um sie durchzusehen.

»Er hat ihn ins Schlafzimmer gestellt. Bist du sicher, dass du alleine klarkommst? Wir können immer noch absagen?«

Thorsten und David haben schon vor Monaten ein Wochenende in Paris geplant. Um ein paar romantische Tage weg von neugierigen Augen zu verbringen, aber auch, damit Thorsten Davids Eltern kennenlernen kann.

David stellt mir eine Flasche Wasser auf den Tisch und hockt sich dann neben mich.

»Fahrt ihr ruhig. Ich komme schon klar. Fernsehen, Bücher, Handy, Zettel vom Lieferservice. Ich bin versorgt. Ihr habt euch das verdient. Besonders du hast es dir verdient. Macht euch ein schönes Wochenende, aber bringt mir was Tolles mit.«

David drückt mir einen Kuss auf die Stirn.

»Ich bringe dir doch immer etwas mit, Kleine. Wenn was ist, rufst du bitte Jule an.«

»Wird gemacht.«

David verabschiedet sich und somit bin ich auf mich allein gestellt. Wirklich fit bin ich nicht. Nach Bedarf nehme ich Schmerzmittel, und einen Marathon laufen könnte ich auch nicht. Ich schlafe viel, und mein Kreislauf hängt ziemlich in den Seilen. Jetzt habe ich zwei große OP-Narben auf meinem Bauch. Noch habe ich es vermieden, mich komplett im Spiegel zu betrachten, denn der Gedanke allein treibt mir schon wieder die Tränen in die Augen. Nein, eigentlich möchte ich nicht allein sein, aber ich kann den beiden einfach nicht das Wochenende vermiesen. Ich beschließe, nach einem kleinen Nickerchen Jule anzurufen, damit sie mir ein bisschen Gesellschaft leistet.

Das kann er nicht ernst meinen. Manchmal frage ich mich, ob Thorsten etwas zu oft einen Schlag auf den Kopf bekommen hat. Beinahe 20 Jahre Football müssen ja irgendwelche Spuren hinterlassen haben. Ratlos stehe ich vor meinem Bett. Mein geniales Bruderherz hat den bleischweren Bücherkarton mitten auf dem Bett platziert. Ich bin ja so schon nicht die Stärkste. Wie soll ich das verdammte Ding mit einer frischen Narbe am Bauch vom Bett stemmen? Hoffentlich hat Jule gleich Zeit, sonst kann ich heute Nacht auf der Couch schlafen.

Die Türklingel reißt mich aus meinen Überlegungen. In meinen verschlissenen Yogaklamotten schlurfe ich zur Haustür, im festen Glauben, dass es der Postbote ist, der mal wieder ein Paket für meine Nachbarn abgeben möchte.

Ich reiße die Tür auf und vor mir steht … Eric.

»Hey darlin'.« Mit einem verschämten Lächeln hält er mir einen Zettel unter die Nase.

»Was ist das?«, frage ich gereizt. Es ist nicht so, dass ich nicht gerne mit ihm zusammen wäre, aber ich sehe gerade aus wie ausgekotzt und fühle mich auch so. Außerdem wäre eine kleine Vorwarnung nett gewesen.

»Der Trainingsplan für deinen Bruder. Er macht aber nicht auf. Da dachte ich, ich könnte ihn vielleicht bei dir lassen. Wie geht es dir heute?«

Er zieht mich an sich und drückt mir einen Kuss auf die Haare.

»Igitt.« Ich schiebe ihn von mir und mache einen Schritt rückwärts.

»Was ist denn jetzt los? Do I smell bad?« Er schnüffelt unauffällig unter seinen Achseln.

»Nein, du nicht. Ganz im Gegenteil. Aber ich stinke. Ich habe seit fast einer Woche nicht mehr geduscht.«

Eric schüttelt den Kopf und zieht mich wieder in seine Arme.

»Silly girl. You smell perfect.«

»Willst du reinkommen?«, frage ich unsicher.

»Ist dein Bruder nicht zuhause? Ich will dich auch nicht stören.«

»Nein, er ist das ganze Wochenende weg. Liebesurlaub in Paris oder so was Ähnliches.«

Eric nickt wissend und folgt mir dann in die Wohnung. Er schaut sich neugierig um, als wäre er zum ersten Mal hier. Beim letzten Mal hatte er vermutlich auch anderes im Kopf.

Ich lasse mich vorsichtig auf die Couch sinken und deute Eric, sich neben mich zu setzen. Er legt gleich den Arm um meine Schultern und zieht mich an sich.

»How are you? I missed you.«

Ich sehe verwundert zu ihm auf. »Es geht schon, aber Schmerzen habe ich immer noch. Wir haben uns doch gestern Abend noch gesehen, wie kannst du mich da vermissen?«

Wie kann er mich überhaupt vermissen, wenn da doch sicher schon eine Reihe Groupies hinter mir warten?

»Silly, silly girl«, flüstert er in meine Haare. »Hast du heute schon etwas gegessen?«

»Frühstück im Krankenhaus. Ich habe aber auch noch keinen großen Appetit.«

»Nina, es ist schon Nachmittag. Essen ist wichtig für deine Genesung.« Er sieht streng zu mir herab. Als sich unsere Blicke treffen, werden seine Gesichtszüge gleich wieder weicher.

»Would you like to eat with me?«, fragt er zärtlich.

Unter der Intensität seines Blickes kann ich nur nicken. Ich brauche einen Moment, bis sich meine Hormone regulieren und ich meine Stimme wiederfinde. »David hat mir den Kühlschrank gefüllt, aber ich habe noch nicht wirklich die Energie, etwas zu kochen.«

Eric schüttelt fassungslos den Kopf. »Glaubst du ernsthaft, ich würde dich jetzt arbeiten lassen? Entweder, ich koche, oder ich besorge uns etwas Take away. Deine Entscheidung.«

»Take away klingt gut.«

»Your wish is my command, darlin'.«

Eine Stunde später sitzen wir pappsatt vor dem Fernseher und schauen uns Wiederholungen von *How I met your mother* an. Wir hatten geniales chinesisches Essen. Eric hat von allem eine Kleinigkeit mitgenommen, weil er nicht sicher war, was mir schmeckt. Meinen Bücherkarton hat er auch schon vom Bett gehoben und leise über meinen Bruder geflucht. Jetzt massiert er mir die Füße und ich muss mich echt anstrengen, nicht unangemessen laut zu stöhnen. Um meinen Bauch etwas zu entlasten, lege ich mich zurück. Dabei rutscht ein Stück meines Shirts hoch und Eric sieht die noch verbundene Narbe.

»Kann ich dich was fragen?« Er schaut zu mir und bearbeitet weiter meine Fußsohlen.

»Klar.« Ich bin gerade beinahe willenlos und würde fast allem zustimmen.

»Die andere Narbe an deinem Bauch. Was ist die Story dahinter?«

Verunsichert bedecke ich mich wieder, doch er hält meine Hand fest. »Don't hide. Please.«

Ich seufze angestrengt und erzähle Eric die Geschichte, die ich nur wenigen Menschen anvertraue.

»Ich war mit in dem Unfallwagen, in dem meine Eltern gestorben sind. Mein Vater hat auf der Landstraße, bei Blitzeis, die Kontrolle über den Wagen verloren. Er ist frontal in eine ausrangierte Erntemaschine geknallt. Diese Maschine stand mitten auf dem Feld, ansonsten kilometerweit nichts. Ausgerechnet dort musste er reinfahren. Meine Eltern hatten keine Chance. Bei mir hat sich ein Metallteil in meinen Unterleib gebohrt.«

»Hast du das mitbekommen? Warst du wach, als du verletzt wurdest, und als sie gestorben sind? Du musst das nicht beantworten, wenn du nicht magst.« Er streicht mit dem Daumen über meinen Handrücken und sieht mich verunsichert an.

»Es ist ok. Das war vor 15 Jahren. Ich habe es nicht mitbekommen. Soweit ich mich erinnern kann, habe ich gleich beim Aufprall das Bewusstsein verloren. Es ist wirklich okay.«

Erst jetzt wird mir bewusst, dass ich weine. Eric lässt meine Füße los und legt sich neben mich. Er zieht meinen Kopf an seine Brust und flüstert in mein Haar: »Apparently not.«

Er lässt mich eine Weile weinen, bevor er mein Gesicht in seine Hände nimmt und mit den Daumen meine Tränen wegwischt.

»Thorsten hat sich um dich gekümmert?«, fragt er.

»Ja. Er war gerade 18, als er das Sorgerecht für mich übernommen hat. Er hat mich aufgezogen.«

»Das erklärt einiges«, murmelt Eric, mehr zu sich selbst.

»Wann musst du wieder weg?«, frage ich leise.

»Wenn du magst, dann erst morgen früh.«

Mein Herz macht einen Hüpfer, obwohl es das nicht sollte.

»May I ask another question?« Ich habe eine vage Befürchtung, was jetzt kommt. Doch es ergibt keinen Sinn, dieses Thema zu umgehen.

»Natürlich. Frag mich.«

»Hast du irgendwelche Spätfolgen durch den Unfall?«

»Nur eine.«

»You don't have to …«

»Ich kann keine Kinder bekommen, auch nicht mit medizinischer Unterstützung. Es ist ausgeschlossen.«

Ich muss ihm ja nicht solche abturnenden Dinge erzählen wie die Tatsache, dass ich zwar noch Eierstöcke, aber keine Gebärmutter mehr habe. Ich habe einen normalen Hormonhaushalt, nur ohne monatliche Blutung. Was nicht bedeutet, dass ich nicht in die »Freuden« von PMS komme.

»I'm so sorry for you, pretty girl.«

»Es ist nicht so schlimm. Ich bin mit dem Gedanken groß geworden, niemals eigene Kinder haben zu können. Eric, kann ich dir auch mal eine Frage stellen?«

Sein Gesichtsausdruck wechselt zwischen Angst und Panik, und sein kompletter Körper verkrampft sich neben mir. In einem halbherzigen Ablenkungsmanöver drückt er mir einen Kuss auf die Lippen, doch ich bleibe bewegungslos. Als er spürt, dass seine Taktik nicht aufgeht, setzt er sich mit dem Rücken zu mir auf.

»I beg you, pretty girl. Just a little more time. I will tell you, but not now.«

Das hormongeladene, naive Dummchen, das ich derzeit bin, antwortet natürlich nur: »Ist in Ordnung.«

Ich lehne mich an seinen Rücken. »Ich muss dringend duschen.«

Eric wendet sich mir zu und sieht mich fragend an. »Darfst du denn schon wieder duschen? Was ist mit der Wunde?«

»Die Schwester hat mir gesagt, ich darf duschen und soll anschließend das aufgeweichte Pflaster ablösen. Danach muss kein Frisches mehr drauf und die Fäden lösen sich von selbst auf. Aber ich habe ein bisschen Angst, dass mir unter der Dusche schwindelig wird. Mein Kreislauf ist noch nicht sonderlich stabil.«

»Ich könnte dir helfen.«

»Ja, das denk ich mir«, erwidere ich schnippisch.

»Nina, ernsthaft? Hältst du mich für ein solches Schwein? Du bist frisch operiert und ich sehe, dass du noch Schmerzen hast. Glaubst du, ich bin so primitiv, dass ich da nur ansatzweise Spaß dran habe könnte?«

»Woher soll ich das denn wissen? Du erzählst nichts von dir. Woher soll ich wissen, wer du bist?«

Es ist nicht meine Absicht, ihn so anzufahren, aber ich bin so überreizt. Diese ganze Woche war emotional zu viel für mich. Ich bekomme das alles nicht verarbeitet.

»Ich hatte die Hoffnung, die letzte Woche hätte dir gezeigt, dass ich nicht nur mit dir ins Bett will. Soll ich gehen?«, fragt er leise. Er hält meine Hände und sieht mich nicht an. Als ich nicht antworte, macht er Anstalten, aufzustehen.

»Bleib«, ist alles, was ich sagen kann.

Eric lässt sich wieder zurückfallen und zieht mich an seine Brust. Ich inhaliere seinen köstlichen und fast schon vertrauten Duft.

»Would you like to take a shower? Du lässt die Tür auf, ich setze mich draußen daneben und wir unterhalten uns. Wenn du umkippst, dann versuche ich dich zu retten, ohne zu sehr hinzusehen.«

Jetzt muss ich doch lachen. Er hat mir in der ersten Nacht nach nur 2 Stunden verkündet, dass er mich ficken will und es dann auch ausgiebig getan. Jetzt ist er überbesorgt und der perfekte Gentleman.

»Was ist so lustig?«, fragt er gekränkt.

»Nichts. Alles. Diese ganze Situation.«

»Ich schwöre dir, wenn du noch lauter unter der Dusche gestöhnt hättest, dann wäre ich reingekommen.«

»Und dann?«, frage ich provokant. »Du weißt, mit mir ist noch nicht viel anzufangen.«

»Vermutlich hätte ich mich auf den Badewannenrand gesetzt, meinen Schwanz ausgepackt und mich an deinem Anblick erfreut.«

»Eric!«, rufe ich empört, auch wenn ich es nicht bin. Ich stelle mir diesen Anblick sogar außerordentlich reizvoll vor.

Ich liege nur im Slip und mit einem Handtuch um den Oberkörper auf meinem Bett.

»Du kannst dir nicht vorstellen, wie gut es tut, sich nach einer Woche endlich das Krankenhaus von der Haut waschen zu können.«

»Ich habe gehört, wie gut das getan hat«, antwortet er mit rauer Stimme.

Eric schiebt behutsam das Handtuch nach oben und sieht mich an.

»Bereit?«

»Bereit.«

Mit zittrigen Fingern macht er sich daran, mir das Pflaster von der Haut zu ziehen.

»Du musst das nicht tun, Eric«, versuche ich, ihm noch einen Rückzug zu ermöglichen.

»Nein, ich mach das. Ich will dir nur nicht wehtun.«

»Ich melde mich schon, wenn es zu heftig wird.«

Konzentriert macht er sich an die Arbeit und schafft es, das Pflaster innerhalb von Sekunden fast schmerzlos von meiner Haut zu ziehen. Mit dem bereitgestellten Babyöl und einem Wattepad entfernt er die Kleberreste. Er arbeitet mit viel Fingerspitzengefühl sorgsam um die Wunde herum.

»Du machst das, als hättest du es gelernt«, lobe ich ihn.

»Jahrelange Übung«, erwidert er in Gedanken versunken.

»Meine Schwester war ein ungeschicktes Kind. Sie hat sich immer nur von mir verarzten lassen«, fügt er hastig hinzu.

Nachdem er mich gründlich gesäubert hat, stellt er alle Utensilien beiseite und küsst dann meine alte Narbe.

»Die frische Narbe küsse ich, wenn sie vollständig verheilt ist«, flüstert er und schiebt meine Knie auseinander. Er krabbelt zwischen meine geöffneten Schenkel und zieht sein T-Shirt aus. Vorsichtig öffnet er das Handtuch auf meinem Oberkörper und legt meine Brüste frei. Mit den Daumen streift er meine Brustwarzen, die sich ihm gleich erwartungsvoll entgegenstellen. In jeder seiner Bewegungen ist er sorgsam darauf bedacht, sich nicht auf mir abzustützen, um meinen Bauch nicht zu belasten. Eric nimmt eine meiner Brustwarzen zwischen seine Lippen und umkreist sie mit seiner Zunge. Ich winde mich unter ihm und wimmere. Meine Hände suchen Halt an seinen definierten Oberarmen. Ich ertaste mit meinen Fingerspitzen die Konturen eines Tattoos an der Unterseite seines linken Oberarms. Das ist mir in der ersten Nacht gar nicht aufgefallen. Eric bemerkt meine Entdeckung und hebt seinen Arm. *Humility* steht da, in einer eleganten Kalligrafie.

»Was heißt das?«, frage ich vorsichtig. So gut sind meine Englischkenntnisse leider nicht.

»Demut«, antwortet Eric. Er weicht meinem Blick aus und vergräbt sich in meiner Halsbeuge. »Soon, pretty girl. Please?«

Ohne meine Zustimmung abzuwarten, hat er mich mit seiner Zunge an meinem Ohr schon wieder abgelenkt.

»I want to make you feel good, but you must tell me when you're in pain«, raunt er in mein Ohr und verschafft mir damit gleich wieder ein feuchtes Höschen.

»Eric, ich kann mich kaum bewegen. Das wird uns beiden nicht besonders viel Spaß machen.«

Er legt mir einen Finger auf die Lippen und bringt mich damit zum Schweigen.

»You don't have to. It's all about you tonight, darlin'. Don't move, just enjoy.«

Seine Lippen wandern zurück zu meinen Nippeln und seine Hand zu meinem Höschen. Mit jedem Zentimeter, den er an meinem Oberkörper herunter gleitet, zieht er auch meinen Slip ein Stück tiefer. Ich lasse alle Bedenken hinter mir, für den Moment, und falle in seine Berührungen.

»Eric«, stöhne ich leise, als seine warme Zunge meine Lippen teilt.

»That's my girl. You are so wet for me«, murmelt er zwischen meinen Schenkeln. Behutsam dringt er erst mit einem und dann mit zwei Fingern in mich ein. Seine Zunge kreist um meinen Kitzler. Ich kralle mich in meine Laken und spüre schon jetzt die ersten Spasmen meines Höhepunkts um seine Finger zucken. Nie habe ich so extrem auf einen Mann reagiert.

»Eric«, wimmere ich. »Ich bin schon fast …«

Meine Worte werden von den Wellen meines Höhepunkts erstickt. Eric legt seine flache Hand auf meinen Bauch, um mich davon abzuhalten, zu sehr zu verkrampfen und damit

Schmerzen in der frischen Narbe zu verursachen. Es wirkt, ich kann mich völlig gehen lassen.

Er liebkost mich durch meinen abebbenden Höhepunkt und streichelt sich dann wieder den Weg zu mir hoch. Gierig suche ich seinen Mund und schmecke mich auf seinen Lippen, doch er löst sich von mir. Dann streift er sich die Hose ab, bevor er zu mir unter die Decke kriecht. Ich spüre seine pochende Erektion an meiner Hüfte, doch ich bin viel zu erschöpft, um mich darum kümmern zu können. Das Merkwürdige daran ist, dass Eric das auch tatsächlich nicht erwartet. Das deckt sich nicht mit meinen Erfahrungen mit anderen Männern. Er zieht mich in seine Arme und wispert: »Sleep, darlin'.«

Zwei Dinge sind sicher. Ich bin auf dem besten Weg, mich Hals über Kopf in Eric zu verlieben. Und er wird mir verdammt wehtun. Doch im Moment fühlt es sich einfach zu richtig an, um sich darum zu scheren.

4.

Obwohl mein Bruder bereits aus Paris zurück ist, schleicht Eric sich dennoch jeden Abend zu mir rein. Er hat seine Joggingrunde an meinem Haus vorbei verlegt. Wie praktisch. Ich sehe ihn also täglich, aber leider maximal für eine halbe Stunde. Meine Blinddarm-OP ist jetzt zwei Wochen her und mir geht es wieder vollständig gut, auch wenn ich noch nicht schwer heben soll. Heute Abend hat Eric mich ins Open Air Kino eingeladen. Ein Date? Keine Ahnung. Er verhält sich in seinen Aussagen immer noch gerne vage. Manchmal frage ich mich, ob er in einer Beziehung lebt und ich mich gerade zur heimlichen Geliebten mache.

Ich stehe im Bad und stecke mir die Haare hoch, als ich schwere Schritte auf der Treppe im Hausflur höre. Im nächsten Moment klingelt es. Hoffentlich kommt mein Bruder jetzt nicht auf die dumme Idee, mir einen Besuch abzustatten.

Nein, Eric kommt auf die dumme Idee, eine halbe Stunde früher als angekündigt vor meiner Tür aufzutauchen. Er steht verlegen im Türrahmen und hält mir einen Strauß Margeriten entgegen. Ich liebe Margeriten.

»Hey pretty. I thought …«

Ich ziehe ihn am Arm in meine Wohnung und horche in den Hausflur.

»Du denkst aber schon noch an meinen Bruder, oder?«, fahre ich ihn an.

»I don't give a fuck about your brother.«

Blitzschnell hat er mich in seine Arme gezogen und meine Wut mit einem leidenschaftlichen Kuss besänftigt. Dennoch schiebe ich ihn von mir und drehe mich auf dem Absatz herum, um endlich meine Haare fertig hochzustecken.

»Where do you think you are going?« Er läuft mir wie selbstverständlich ins Bad hinterher.

»Meine Haare machen. Was sonst? Du bist viel zu früh dran.«

Eric tritt hinter mich, und ich kann uns im Spiegel sehen. Er legt sein Kinn auf meine Schulter und umfasst meine Taille, während ich versuche, mich weiter zu frisieren. Wir beide zusammen, das sieht irgendwie gut aus.

»I've brought you flowers.« Er sieht mich mit Hundeblick an. Erst jetzt wird mir bewusst, wie zickig ich mich gerade verhalten habe. Ich lasse meine Arme sinken und drehe mich zu ihm um.

»Ich bin eine dumme Pute, oder?«, frage ich mit entschuldigendem Unterton. Eric macht eine Kopfbewegung zwischen schütteln und nicken.

»Sei nicht sauer auf mich. Ich konnte es nur nicht erwarten, dich zu sehen. And I like it when you wear your hair down. May I?«, fragt er, bevor er mir behutsam die Haarnadeln wieder rauszieht und meine Locken ausschüttelt. Er sieht mich zufrieden an und meint: »Viel besser.«

Eric nimmt zwei Decken von der Rückbank seines uralten Volvo 850 und führt mich auf die Wiese des Open Air Kinos. Auf der Fahrt hierher habe ich mich über seine Familienkutsche amüsiert. Er fand das weniger lustig und hat mich dann auch schnell zum Schweigen gebracht, als er mich darauf aufmerksam machte, dass sein Kofferraum die Größe eines Doppelbettes hat. Das könnte praktisch sein. Für später. Oder so.

»Sollen wir uns hierhin setzen?«, fragt Eric und bleibt vor mir stehen. Wir sind in einer ziemlich abgeschiedenen Ecke der Wiese, und die Leinwand ist bestimmt gute zwanzig Meter von uns entfernt.

»Ja, hier ist gut. Was sehen wir?«, frage ich, als wir gemeinsam die Decke ausbreiten. Ich persönlich habe den Verdacht, dass wir heute nicht viel mitbekommen werden.

»The Hangover. Ich hoffe, das ist in Ordnung. Aber wenn nicht ... ich weiß ein paar Dinge, mit denen ich dich unterhalten kann.«

Sag ich doch. Ich streife mir die Schuhe ab.

»Zum Beispiel, mir ausgiebig deinen Kofferraum zeigen?«, frage ich unschuldig.

»Wenn du leise sein kannst, dann müssen wir dafür gar nicht erst zum Auto zurück.« Eric ist unbemerkt ganz nah hinter mich getreten. Er presst sich an meinen Rücken und streicht meine Haare zurück. Seine vollen Lippen streifen federleicht meinen Hals. Ich stehe fast bewegungslos da, aus Angst die Beherrschung zu verlieren und ihn schon vor dem Film mitten auf der Wiese anzuspringen.

»Es ist beinahe unmöglich, bei dir still zu sein«, flüstere ich.

»I have some ideas to keep your mouth busy«, raunt er in mein Ohr und entfernt sich von mir, als wäre nie etwas gewesen.

»Möchtest du ein Eis, oder etwas anderes?«, fragt er dann mit Unschuldsmiene. Doch die Wölbung in seiner Hose spricht eine andere Sprache.

»Ein paar Gummibärchen wären gut.«

Eric geht zu dem kleinen Kiosk am Eingang und wird von einigen gierigen Blicken verfolgt. Die meisten sind weiblicher Natur, doch auch ein paar männliche sind dazwischen. Ihm scheint das gar nicht aufzufallen. Auch ich setze mich mit ausgestreckten Beinen auf die Decke und genieße den Ausblick auf seine Hinterseite.

»Are you cold?«, wispert Eric in mein Ohr. Die Sonne ist vor ein paar Minuten untergegangen, und der Film beginnt gerade. Er sitzt hinter mir, ich habe mich an seinem Brustkorb angelehnt. Ich schüttle den Kopf und versuche, mich auf die Leinwand zu konzentrieren. Ein schwieriges Unterfangen, mit diesem Kerl hinter mir. Wir sitzen immer noch ziemlich abgeschieden. Niemand scheint sich in unsere Nähe zu trauen. Die nächsten Kinobesucher sind mindestens zehn Meter von uns entfernt und völlig auf den Film fixiert.

»Too bad.« Eric wirkt enttäuscht, dass er mich nicht wärmen kann.

»Wenn du einen Grund suchst, mich anzufassen, dann können wir uns gerne die zweite Decke teilen. Als Sichtschutz sozusagen.« Eric legt die Decke über uns und zieht mich ein Stück zu sich, sodass ich jetzt fast aufrecht vor ihm sitze.

»Do you trust me?« Ich nicke, weil ein Wort aus meinem Mund meine Lüge enttarnen würde.

Eric überschüttet meinen Nacken mit Küssen und arbeitet sich langsam zu meinem Ohrläppchen vor. Er weiß schon ziemlich genau, wo meine Schwachstellen liegen. Seine Hände wandern unter mein Shirt.

»Eric, was ist mit dem Film?«

»Fuck it.« Okay, keine weiteren Fragen. Seine Hände finden den Weg unter meinen BH. Mit den Fingerspitzen massiert er sanft meine Nippel. Ich reibe meine Schenkel aneinander, um etwas von der unerträglich süßen Spannung abzubauen.

»Turn around«, fordert Eric. Er hält die Decke fest, als ich mich rittlings auf seinen Schoß setze, und legt sie uns um die Schultern. Für Außenstehende sind nur noch unsere Köpfe zu sehen und Erics ausgestreckte Beine. Eric fährt mit seinem Daumen über meine Unterlippe und zieht diese Spur dann mit der Zunge nach. Seine Hände wandern unter meinen Rock und schieben mein Höschen beiseite. Er muss nicht lange fühlen, um zu spüren, wie bereit ich bin.

»I wanna feel you.« Er nimmt meine Hand und legt sie auf seine ausgebeulte Hose. Ich kann nicht widerstehen und öffne die Knopfleiste an seiner Jeans. Eric stöhnt erleichtert, als ich ihn aus der Enge seiner Unterwäsche befreie. Dieses Stöhnen schlägt rasch in Erregung um, als ich ihn zwischen meinen Händen massiere. Er zieht ein Kondom aus seiner Hosentasche und reicht es mir. Fasziniert sieht er dabei zu, wie ich es ihm überrolle und ihn dann langsam in mich aufnehme. Ich lege fest meine Arme um seine Schulter und genieße den Moment, als wir das erste Mal seit unserer ersten gemeinsamen Nacht wieder so intim miteinander verbunden sind.

»Ich habe das vermisst«, flüstere ich an Erics Ohr. Der legt seine Hände auf meinen Po und wiegt mich sanft auf seinem Schoß.

»I've dreamed of this.« Eric bewegt sich etwas schneller, was dazu führt, dass ich etwas lauter werde.

»Be quiet, darlin'.« Er verschließt meinen Mund mit seinen Lippen und verwöhnt meinen Kitzler mit seinen geschickten Fingern. Ich wimmere in seinen Mund und fühle schon wieder das vertraute Ziehen in meinem Unterleib. Erics freie Hand liebkost meine Nippel. Mehr braucht es nicht, um mich über die Klippe zu stoßen und ihn mit mir zu nehmen. Er zittert in meiner Umarmung und ergießt sich in mir. Als die letzten

Wellen unseres Höhepunkts verebbt sind, nimmt er mein Gesicht in seine großen Hände und blickt mich aus seinen stahlblauen Augen intensiv an. Sein Blick ist so durchdringend, dass mir die Knie weich würden, wenn sie es nicht gerade schon wären.

Der Montag kommt mal wieder viel zu schnell und damit vermutlich nur abendliche Kurzbesuche von Eric. Ich will nicht verleugnen, dass mich das sehr frustriert. Die Sommerferien sind vorbei, und ich muss heute arbeiten. Vor dem Kindergarten herrscht wie immer Parkplatzmangel, doch nach zehnminütiger Suche finde ich endlich eine freie Lücke. Auf dem Weg zum Eingang fällt mir ein alter Volvo auf, der genauso aussieht wie der von Eric. Leider kann ich mich nicht an sein Nummernschild erinnern. Aber was sollte er auch hier wollen? Soweit ich weiß, wohnt er mindestens drei Straßen von hier entfernt und hat keinen Grund, am Kindergarten zu parken.

Ich betrete den Eingangsbereich und sehe unsere Chefin mit einem Elternpaar an der Infotafel stehen. Die Frau hat den Arm um die Taille des Mannes geschlungen. Der Mann sieht von hinten exakt aus wie Eric. Ein etwa vierjähriges Mädchen kommt aus einem der Gruppenräume auf ihn zugerannt und ruft: »Daddy, daddy.«

Als der Vater sich umdreht, um seine Tochter in die Arme zu schließen, sehe ich, dass es tatsächlich Eric ist. Unsere Blicke treffen sich und ich habe das Gefühl, mich übergeben zu müssen.

5.

Jule sitzt mir in der Küche gegenüber und isst das Schokoladeneis, welches eigentlich meine Frustmahlzeit sein sollte. Ich bekomme schon seit Tagen keinen Bissen runter.

»Du willst mir also ernsthaft erklären, ihr habt seit Wochen etwas am Laufen und du hast es nicht einmal für nötig befunden, mir einen Ton zu sagen?«, fragt sie zwischen zwei übervollen Löffeln.

»Jule, ich wusste doch selbst nicht, was es war. Es war offensichtlich, dass er ein großes Geheimnis hat. Er hat mir versprochen, es mir bald zu erzählen. Das ist ja nun nicht mehr nötig.«

Mir kullern schon wieder dicke Tränen die Wangen herunter. Ich bin nicht wütend. Ich bin einfach nur so wahnsinnig enttäuscht und traurig. Trotz aller Geheimnisse fühlte es sich gut und richtig an. Jule schiebt mir eine neue Packung Taschentücher rüber und sieht mich nachdenklich an.

»Hat er sich denn mal gemeldet?«, fragt sie nach einer Weile.

»Die Frage ist eher, wann er sich mal nicht meldet. Er schon unzählige SMS geschrieben und ruft ungefähr im Stundentakt an.«

»Was sagt er denn?«

»Keine Ahnung. Ich hebe nicht ab und die SMS habe ich ungesehen gelöscht. Mal ehrlich, was gibt es denn da noch zu erklären? Er hat ein Kind, was ich weiß Gott nicht schlimm finde, aber die passende Frau oder Freundin hat er ja offensichtlich auch schon. Ich mache mich nicht zu seiner Gespielin. Das ist schon viel zu lange gelaufen, und ich hätte auf mein Gefühl vertrauen sollen.«

Wie auf Zuruf klingelt mein Handy auf dem Wohnzimmertisch. Jule geht zu meinem Telefon und hebt einfach ab. Bevor ich protestieren kann, unterhält sie sich schon mit dem Anrufer.

»Hallo.«

»Nein, hier ist Jule. Ihre Freundin.«

»Ich könnte jetzt sagen, dass sie nicht da ist. Aber wir wissen wohl beide, dass sie einfach nicht mit dir sprechen will.«

»Sag ich ihr.«

»Ciao Eric.«

Wie gerne hätte ich jetzt gehört, was er gesagt hat. Jule wirft mein Handy nachlässig auf den Wohnzimmertisch und kommt in die Küche zurück. Ohne mich eines Blickes zu würdigen, widmet sie sich wieder dem Schokoladeneis. Ich sehe mir ihre Seelenruhe genau eine Minute lang an, bevor mir der Kragen platzt.

»Was hat er gesagt?«, fordere ich eine Reaktion von ihr.

Jule leckt erst genüsslich ihren Löffel ab und sieht dann zu mir auf.

»Liebste Nina, wenn du wissen willst, was Eric zu sagen hat, dann solltest du ihn vielleicht nicht ignorieren und selbst mit ihm sprechen.«

»Danke, Jule. Bist du jetzt etwa auf seiner Seite? Findest du das normal, was er gemacht hat?«

»Nein, ich finde es nicht normal. Ich denke, er ist ein Arschloch. Aber wenn ich eins im Leben gelernt habe, dann, dass man jedem eine Chance geben sollte, sich zu erklären. Woher willst du wissen, was da los ist? Klar, er hat ein Kind. Das war offensichtlich und es ist nicht in Ordnung, dass er es verschwiegen hat. Aber die Frau? Nina, du musst ihn anhören, um zu wissen, was dahinter steckt. Vielleicht ist es seine Ex, mit der er einfach nur ein harmonisches Verhältnis hat. Vielleicht ist es seine Schwester. Um das herauszufinden, musst du mit ihm sprechen. Du könntest natürlich auch unsere Chefin fragen, aber ich schätze, das ist keine Option.«

Unter der Wahrheit ihrer Ansage sacke ich in meinem Stuhl zusammen.

»Warum hat er mich nicht gleich im Kindergarten angesprochen?«

Jule seufzt und lässt ihren Löffel in die leere Eispackung fallen. »Schatz, hast du nur eine Sekunde darüber nachgedacht, dass er keine Szene verursachen wollte, um deinen Job zu schützen? Was glaubst du wohl, wie unsere Chefin darauf abgegangen wäre, wenn sie etwas mitbekommen hätte? Außerdem warst du in den letzten Tagen, während der Bring- und Abholzeiten, spurlos verschwunden, um ihm auf jeden Fall aus dem Weg zu gehen. Da konnte er ja auch nicht mit dir sprechen. Du weißt schon, dass das kein Dauerzustand ist?«

»Ja ja, ich weiß. Aber jetzt mal Themenwechsel. Kommst du Samstag mit zu dem Spiel gegen die Lions?«

Jule sieht mich skeptisch an. »Dir ist klar, dass das kein echter Themenwechsel ist, oder? Wir wissen wohl beide, warum du mich dabei haben willst.«

Zugegeben, das war nicht wirklich schwer zu durchschauen. Statt einer Antwort sehe ich Jule nur an und mache einen Schmollmund.

»Ist ja schon gut. Ich bin dabei«, gibt sie sich geschlagen.

Jule ist gerade zur Tür raus, da signalisiert mir das Vibrieren meines Handys eine eingehende SMS. Diesmal kann ich nicht anders, als nachzusehen.

I fucked up. Bitte, lass es mich erklären.
I miss you. Eric

Achtlos werfe ich mein Handy auf den Tisch und setze mich mit angezogenen Beinen heulend auf die Couch. Es klingelt und klopft an meiner Tür.

»Nina, bist du da?« Mein Bruder. Dem ich seit Tagen aus gutem Grund aus dem Weg gehe. Hervorragend.

Ich reiße die Tür auf und lasse mich wieder auf der Couch nieder.

»Was ist los?« Thorsten lässt sich neben mich fallen und legt mir einen Arm um die Schulter.

»Nichts.«

»Ja, genauso sieht es aus.«

»Nur Mädchenprobleme, von denen du sowieso nichts hören möchtest«, winke ich ab.

Mein Bruder lacht. »Nina, ich habe dir deinen ersten BH gekauft. Ich hatte das zweifelhafte Vergnügen, dich aufzuklären. Glaubst du ernsthaft, du könntest mich mit irgendwas in Verlegenheit bringen? Vom weiblichen Geschlecht abschrecken kannst du mich ohnehin nicht. Das ist schon längst passiert.«

Jetzt muss ich doch grinsen. Ich lege meinen Kopf auf seine Brust und klammere mich an seine Taille.

»Ich liebe dich, großer Bruder. Aber manche Sachen kann ich mit dir nicht besprechen. Da kannst du Mama auch nicht ersetzen.«

Er seufzt und drückt mir einen Kuss auf den Scheitel.

»Ich weiß, Baby. Ich weiß.«

Es klingelt schon wieder. Ich sollte langsam darüber nachdenken, mir eine Drehtür einbauen zu lassen. Das käme meinem Status als Footballgroupie ja nur entgegen. Thorsten öffnet die Tür, während ich mir die restlichen Tränen aus dem Gesicht wische.

»Was willst du denn hier?«, höre ich meinen Bruder verdutzt fragen.

»Ich möchte mit Nina sprechen.« Eric! Oh nein. Das wird nicht gut ausgehen. Thorsten sieht von der geöffneten Haustür zu mir und wieder zurück. Sein Gesichtsausdruck wechselt blitzartig von Verwirrung zu Erkenntnis. Bevor ich reagieren kann, hat Thorsten Eric schon am Kragen gepackt und gegen die Wand im Hausflur gedrückt.

»Du? Wegen dir sitzt meine Schwester hier und weint? Ich hätte es wissen sollen.« Thorsten hebt seine Faust, um Eric einen Schlag zu verpassen. Bevor er ausholen kann, habe ich mich an seinen Ellbogen gekrallt und versuche, ihn zurückzuziehen. Eric steht völlig reglos da und macht keine Anstalten, sich zu verteidigen.

»Thorsten, bitte.« Ich dränge mich zwischen die beiden und lege meinem Bruder die Hände auf die Brust. »Bitte nicht!«, flehe ich ihn an. Er ist völlig in Rage und will mich zur Seite schieben. Ich trommele auf ihn ein und schaffe es endlich, ihn wieder in die Wohnung zu schubsen.

»Geh in die Küche!«, brülle ich ihn an. Er tritt tatsächlich den Rückzug an. Im Hintergrund höre ich die Küchentür mit Schwung zuknallen. Eric steht mit gesenktem Blick vor mir, und für einen Augenblick habe ich fast Mitleid. Schließlich sieht er doch zu mir auf. »Nina, es tut mir so leid. Ich kann dir alles erklären. Es ist nicht so, wie es aussieht.«

Das ist der Moment, wo es bei mir ausklinkt und ich ihm mit Schwung eine runterhaue. Eric nimmt es einfach hin und scheint nicht besonders überrascht.

»Was ich gesehen habe, war überaus eindeutig und bedarf keiner weiteren Erklärung«, fauche ich ihn an. Ich könnte ihm vor die Füße spucken, so wütend bin ich gerade. Ehe er ein weiteres Wort sagen kann, habe ich ihm die Tür vor der Nase zugeknallt. Diese miese Ratte. Ich habe ihm so viel anvertraut, und er hat nur eine Show abgezogen.

Meinen Bruder finde ich zusammengesunken am Küchentisch.

»Bist du irre?«, schreie ich ihn gleich an. »Papa hat dich so nicht erzogen. Er hätte niemals toleriert, dass du Faustkämpfe startest. Eric hätte sich noch nicht mal gewehrt. Wolltest du ihn zu Brei schlagen? Hättest du dich dann besser gefühlt? Papa wäre so enttäuscht von dir.«

Noch bevor ich den letzten Satz ausgesprochen habe, bereue ich es schon. Das war nicht fair. Thorsten steht so abrupt auf, dass der Stuhl hinter ihm auf den Boden knallt. Ohne mich eines Blickes zu würdigen, stürmt er aus meiner Wohnung.

In den nächsten Tagen kommt keine einzige SMS und auch kein Anruf von Eric. Es fühlt sich beschissen an.

6.

Für David und mich ist es schon seit geraumer Zeit ein Ritual, dass wir vor jedem Heimspiel gemeinsam frühstücken. Thorsten fährt in aller Frühe ins Stadion, und wir gehen den Tag in Ruhe an. Eigentlich hatte ich heute nicht mit ihm gerechnet, da ich ihn seit der Begegnung zwischen Eric und Thorsten nicht mehr gesehen habe. Dennoch steht David um Punkt neun Uhr mit einer Tüte Brötchen und einem herzlichen Lächeln vor meiner Tür.

»Hey Zucker!«, sagt er, als wäre alles wie immer. Ich mache mir da nichts vor. Selbstverständlich hat Thorsten ihn darüber aufgeklärt, was passiert ist.

David geht an mir vorbei in die Küche und klatscht mir, zur Untermalung seiner Aussage, kräftig aufs Hinterteil. Ich folge ihm und brühe wortlos Kaffee auf. David durchstöbert den Kühlschrank, auf der Suche nach Orangensaft.

»Im Vorratsschrank. Ich habe vergessen, welchen kaltzustellen«, bemerke ich leise. David hängt inzwischen kopfüber in meinem Kühlschrank und streckt mir dabei seinen Hintern entgegen. Schließlich taucht er grinsend und mit einer Flasche Prosecco in der Hand wieder auf.

»Wir können auch die nehmen.«

»David?« Mit hängenden Armen bleibe ich vor ihm stehen. Er stellt unverzüglich die Flasche beiseite und zieht mich an sich. Schon öffnen sich die Schleusen, und ich schluchze an seiner Brust.

»Thorsten ist so ein Sturkopf«, murmelt er zu sich selbst. Mir wird jetzt noch schlecht, wenn ich daran denke, wie unfair ich war. Auch wenn Thorstens Verhalten absolut indiskutabel war, rechtfertigt das noch nicht meine Gemeinheit.

»Magst du mich noch?«, frage ich schniefend.

David lacht und drückt mich noch fester. »Ich hab dich lieb, Kleine. Daran kann auch dein starrköpfiger Bruder nichts ändern. Und er liebt dich auch. Immer. Ich befürchte nur, dass Eric bei dem heutigen Spiel ein paar Blessuren mehr als nötig davontragen wird. Thorsten war heute Morgen immer noch völlig außer sich. Was ist zwischen dir und Eric schief gelaufen, dass es so dermaßen eskaliert ist?«

Nachdem ich mich einigermaßen gefangen habe, bereiten wir unser Frühstück zu, und ich erzähle David die Ereignisse der letzten Tage. Als ich mich vollständig bei ihm ausgeheult habe, sieht er mich nur nachdenklich an. Er nippt immer wieder an seinem Kaffee und scheint nach den richtigen Worten zu suchen.

»Nina, du weißt, ich liebe dich wie eine Schwester und du weißt auch, dass ich mir Sorgen um dich mache?«

Ich nicke ihm ungeduldig zu, damit er fortfährt. David seufzt und kratzt sich nervös hinterm Ohr.

»Kleine, ich sag es nicht gerne, aber ich denke, du solltest ihn wenigstens einmal anhören.«

Was ist los mit den Leuten in meinem Umfeld? Erst Jule, jetzt David. Die Personen, die mir eigentlich dabei zustimmen sollten, dass Eric einfach nur ein Schwein ist.

Heute ist eine der wenigen Ausnahmen, wo David mit zum Stadion kommt. Es wäre ja zu auffällig, wenn der Lebensgefährte meines Bruders bei jedem Spiel dabei wäre. So kann er ihn immer noch als guten Freund ausgeben, der nur ab und an ein Spiel von ihm ansieht.

Jule und David hüpfen aufgeregt neben mir auf und ab, als die Hunters zu *Placebos Infra Red* ins Stadion einziehen. Ich versuche, uninteressiert auszusehen und mich auf meinen Eistee zu konzentrieren. Dennoch entgehen mir die Blicke des Spielers mit der Nummer 13 nicht. Eric sieht immer wieder zu unserem Block hoch und sucht meinen Blick. Ich drücke Jule meinen Becher in die Hand.

»Ich geh mal für kleine Mädchen«, sage ich und bin auch schon aus ihrer Rufweite verschwunden. Sie sieht mir nur kopfschüttelnd hinterher, weil ich bewusst den Anfang des Spiels verpasse.

Was soll's? Mein Bruder spielt fast sein ganzes Leben Football, und ich hab die Regeln bis heute nicht kapiert. Ich weiß nur, dass er Quarterback ist und das Spiel ungefähr eine Stunde dauert. Damit hört es auch schon auf. Ich sagte ja bereits, ich hasse Sport.

Nach dem Spiel will Jule unbedingt vor den Umkleiden auf Thorsten warten. Die Hunters haben gewonnen und der Lärm aus dem Stadion ist jetzt noch ohrenbetäubend. David lässt mich nicht flüchten, also versuche ich, mich auf dem Gang hinter den beiden rumzudrücken, um nicht gesehen zu werden.

Aus der Umkleide kommt ein Höllenlärm. Es ist nicht zu unterscheiden, ob darin eine Schlägerei oder eine Siegesfeier stattfindet. Nach endlosen Minuten beruhigt sich der Tumult und Eric verlässt als Erster den Raum. Sein Veilchen macht sehr schnell klar, dass tatsächlich eine Prügelei stattgefunden hat. Er geht langsam an mir vorbei und nickt mir nur zu. Ich könnte mal wieder heulen und würde ihm gerne hinterher rennen, doch dazu bin ich zu stolz. David läuft gerade Achten vor der Tür, denn wir wissen ziemlich genau, mit wem Eric sich geprügelt hat. Mein idiotischer Bruder hat natürlich bis nach dem Spiel gewartet, damit er auf keinen Fall gesperrt wird. Wir sehen dabei zu, wie die restlichen Spieler aus der Tür strömen, bevor auch Thorsten den Raum verlässt. Er steht wie ein Racheengel im Türrahmen und scheint unverletzt. Das ist mein Zeichen, die Szene zu verlassen. Aber nicht, ehe ich meinem feinen Bruder nicht noch die Meinung gegeigt habe.

»Du kannst ja so stolz auf dich sein, deiner ganzen Mannschaft so den Sieg zu vermiesen«, fauche ich ihm entgegen.

Trotz dieser verfahrenen Situation lasse ich mich von Jule überreden, zur Siegesfeier zu gehen. Erinnerungen kommen hoch, als wir dieselbe Bar betreten, in der Eric und ich uns zum ersten Mal getroffen haben. Mein Bruder wird heute nicht da sein, er hat ein paar Dinge mit David zu klären. Meiner Meinung nach sind das nicht nur ein paar, sondern eine ganze Menge. Aber da ich nicht möchte, dass Thorsten sich in mein Liebesleben einmischt, werde ich es bei ihm auch nicht tun. Außerdem ist es besser, wenn er mir heute nicht mehr unter die Augen kommt.

Jule bestellt uns gleich zwei Caipirinhas und hat uns an einem Tisch in der äußersten Ecke des Raums platziert. Natürlich suche ich den Raum unauffällig nach Eric ab, kann ihn aber nicht entdecken. Jule zerknirscht mir gegenüber den braunen Zucker zwischen ihren Zähnen. Mir läuft ein Schauer über den Rücken. Ich muss hier für einen Moment raus.

»Ich gehe kurz zur Toilette«, brülle ich ihr über die laute Musik entgegen. Sie nickt und wendet sich wieder ihrem Cocktail zu.

Erleichtert schließe ich die Tür des Waschraums hinter mir und suche mir eine freie Kabine. Da in der Bar heute geschlossene Gesellschaft ist, ist der Frauenanteil sehr gering und ich habe den kompletten Raum für mich. Als ich mich schnell erleichtere, höre ich die Tür des Waschraums sich öffnen und gleich wieder schließen. Ein leises Klicken lässt mich vermuten, dass gerade jemand die Vordertür abgeschlossen hat. Ich ziehe mir hastig die Jeans hoch und reiße die Kabinentür auf, zum Angriff bereit. An die gekachelte Wand gelehnt, steht Eric und sieht auf den Boden. Der Ring um sein Auge hat schon erstaunliche Farben angenommen. Er trägt keinen Anzug, sondern Jeans, T-Shirt und Turnschuhe und passt damit überhaupt nicht ins Bild seines Teams, welches draußen vor der Tür vermutlich auf ihn wartet. Ich wasche mir seelenruhig die Hände und warte auf eine Reaktion von ihm, doch er steht nur da und rührt sich nicht. Als ich mich an ihm vorbeidrängen und die Türe wieder aufschließen möchte, hält er meinen Oberarm fest. Schon fast hysterisch befreie ich mich aus seinem Griff.

»Was willst du?«, schreie ich ihn an.

»Du hast mich geschlagen und dein Bruder hat mir eine verpasst. Reicht das, damit ich eine Chance bekomme, mich zu erklären?« In einem Sekundenbruchteil drängt er mich an die Wand und atmet heftig an meinem Hals. »Was muss ich tun, damit du mir zuhörst?«

»Du hast mich so verletzt. Ich will es nicht hören«, antworte ich. Meine Stimme ist nicht so fest, wie ich es mir wünschen würde.

Eric legt seine Hände auf meine Hüften und streift mit seinen Lippen meine Wange.

»Die Nacht im Kino, darlin'. We made love. Do you remember?«, wispert er in mein Ohr.

Und wie ich mich erinnere. Deswegen tut es ja so weh.

»Eric, bitte. Tu das nicht«, flehe ich mit zittriger Stimme. Halbherzig versuche ich ihn von mir zu schieben, doch er keilt mich weiter ein.

»Nina, das ist mein letzter Versuch. Ob du es glaubst oder nicht, es gibt eine Erklärung und es war nicht so, wie es für dich aussah. Ja, ich habe eine Tochter, aber alles Weitere würde ich dir gerne in Ruhe erzählen. Nur nicht hier und nicht jetzt und auch nicht am Telefon. Ich will dir alleine gegenübersitzen und in die Augen sehen.«

»Du hast mich so verletzt«, flüstere ich.

Eric nimmt mein Gesicht in seine Hände und drückt mir einen Kuss auf den Mundwinkel.

»I know. Believe me, I know. I beg you, just think about it.« Nach einem weiteren Kuss auf meinen anderen Mundwinkel lässt er mich stehen und verschwindet wieder nach draußen. Meine Knie geben nach, und ich sacke auf den kalten Fliesen zusammen. Zitternd und heulend findet Jule mich ein paar Minuten später und bringt mich nach Hause.

7.

Es ist inzwischen Anfang September und ich habe Eric seit zwei Wochen nicht mehr gesehen und auch nichts mehr von ihm gehört. Mein Verstand sagt mir, dass es besser so ist. Mein Herz sagt etwas anderes.

Jule sitzt neben mir auf dem Außengelände des Kindergartens. Wir beaufsichtigen unsere Gruppen und genießen einen Moment der Ruhe, wenn man den Geräuschpegel um uns einmal außer Acht lässt. Die Bäume lassen schon die ersten Blätter fallen, der nahende Herbst ist nicht mehr zu verleugnen.

»Hast du noch etwas von ihm gehört?«, fragt Jule. Sie muss seinen Namen nicht nennen, er ist der große rosa Elefant, der seit Wochen in jedem Gespräch mitten im Raum steht. Sowohl bei Jule als auch bei Thorsten. Mit meinem Bruder herrscht Waffenstillstand, von Frieden kann man noch nicht reden.

»Nein, er hat sich nicht mehr gemeldet.«

»Bist du glücklich damit, Nina?« Jule hakt sich bei mir ein und legt ihren Kopf auf meine Schulter.

»Nein«, lautet meine knappe Antwort. Was soll ich auch noch dazu sagen? Es liegt mir nicht, solche Themen bis zum Erbrechen zu diskutieren. Das ändert nichts an der Ausgangssituation.

Bevor Jule weiterstochern kann, kommt Lucy auf uns zu gerannt. Lucy ist ein sehr offenes und liebes Mädchen. Mit langen, pechschwarzen Locken und stahlblauen Augen, ist sie ein Ebenbild ihres Vaters. Lucy ist Erics Tochter. Sie ist nicht in meiner oder Jules Gruppe und hat sich dennoch mit jeder greifbaren Erzieherin vertraut gemacht.

»Hallo Miss Nina«, sagt sie mit starkem amerikanischen Akzent. Wir sind von unserer Chefin angewiesen worden, mit ihr ausschließlich Deutsch zu sprechen, auch wenn sie uns auf Englisch anspricht. Aber sie macht sich verdammt gut für die kurze Zeit, die sie erst in Deutschland ist.

»Hey Lucy. Ist alles in Ordnung?«, frage ich. Sie klettert neben mich auf die Bank und lässt ihre Beine in der Luft baumeln. Für einen Moment scheint sie um Worte zu ringen, bis sie schließlich sagt: »Yesterday war mein Birth... Geburts...tag.«

»Hey, das ist ja toll. Herzlichen Glückwunsch nachträglich. Wie alt bist du denn geworden?«

Lucy wiegt ihren Kopf hin und her.

»I'm four now. Vier ich bin.«

»Das ist toll. Hattest du eine schöne Party?«

»Yeah. My dad, he gave me... Er hat mir ein dollhouse gegeben.«

»Du meinst, er hat dir ein Puppenhaus geschenkt.«

Lucy sieht mich verständnislos an. »That's what I said«, antwortet sie genervt, bevor sie wieder abzieht.

Am späten Nachmittag sind endlich die letzten Kinder abgeholt. Ich habe den Gruppenraum wieder auf Vordermann gebracht und gehe jetzt mit meiner Jacke zum Ausgang. Aus dem Augenwinkel sehe ich Lucy vor dem Büro meiner Chefin sitzen.

»Lucy, was machst du denn noch hier? Hat dein Vater dich noch nicht geholt?« Die Abholzeit ist bereits seit einer halben Stunde vorbei. Die kleine Maus ist den Tränen nahe.

»Daddy has forgotten me.« Ihre Unterlippe zittert, doch sie

versucht merklich, sich zusammenzureißen. Ich hocke mich vor sie und lege meine Hand auf ihr Knie.

»Lucy, das glaube ich nicht. Es gibt bestimmt einen Grund. Ich frage mal nach, ob Frau Schneider deinen Papa schon angerufen hat.«

Als ich den Kopf ins Büro meiner Chefin stecke, zeigt mir ihr Kopfschütteln, dass sie niemanden erreicht hat. »Das Handy von Lucys Vater ist scheinbar ausgeschaltet, und auch ihre Großmutter, die als Notfallkontakt angegeben ist, hebt nicht ab.«

»Und jetzt?«, frage ich ratlos und lasse mich auf der anderen Seite ihres Schreibtischs in den Stuhl sinken.

Frau Schneider wühlt sich durch Lucys Akte, auf der Suche nach weiteren Kontakten. »Keinen Plan, Nina.«

Achselzuckend sitzt sie mir gegenüber. »Du weißt, was die üblichen Schritte sind, wenn wir niemanden erreichen.«

Das weiß ich leider zu gut, auch wenn es bisher hier nicht vorgekommen ist. Wir sind verpflichtet, das Jugendamt zu informieren, die das Kind dann vorübergehend in ihre Obhut nehmen.

»Ich kenne Lucys Vater und kann sie nach Hause bringen«, platzt es aus mir heraus, bevor mein Gehirn die Chance hat, eine Verbindung zu meinen Stimmbändern herzustellen. Meine Chefin sieht mich verwundert an und wartet auf eine Erklärung.

»Er ist ein Teamkollege meines Bruders. Vom Football.«

Frau Schneider scheint skeptisch, aber erleichtert, dass sie sich nicht weiter mit Lucy herumschlagen muss. Sie nimmt mir das Versprechen ab, das Jugendamt zu informieren, falls ich bei Eric niemanden antreffe. Ich nehme mir einen von den liegengebliebenen Autositzen aus der Abstellkammer und sammle Lucy ein.

Die Fahrt zu Eric vergeht, dank Lucys lebhaften Geplappers, wie im Flug. Sie kann mir sogar detailliert den Weg dorthin beschreiben. Als wir in die Auffahrt zum Haus einbiegen, frage ich mich, worauf ich mich hier eingelassen habe. Was mache ich mit ihr, wenn tatsächlich etwas passiert ist? Und wie reagiere ich, wenn ich Erics Frau gegenüberstehe? Die ganze Aktion ist wenig durchdacht, aber ich habe wirklich nicht überlegt, als ich meiner Chefin den Vorschlag gemacht habe.

Im Vorgarten des dreistöckigen Hauses steht eine Frau Mitte 50, mit einer grünen Gartenschürze und den passenden grünen Handschuhen. Sie sieht verwundert zu, wie ich den Wagen parke. Als sie merkt, dass ich Lucy im Schlepptau habe, kommt sie auf uns zu. Lucy springt gleich aus dem Wagen und rennt auf die Frau zu.

»Granny, Granny! Daddy has forgotten me.« Lucy fällt ihrer Großmutter in die Arme und klammert sich an ihr fest.

Ich strecke ihr meine Hand entgegen. »Hallo, ich bin Nina. Eine von Lucys Erzieherinnen.«

Erics Mutter - zumindest gehe ich davon aus, dass es seine Mutter ist – nimmt meine Hand und stellt sich vor. »Hi. Ich bin Emma. Lucys Granny«, sagt sie mit dem schon so vertrauten Akzent und bestätigt damit meine Vermutung. »Warum ist Lucy denn heute nicht abgeholt worden?«, fragt sie mich verwundert.

»Das haben wir uns auch gefragt. Wir konnten niemanden erreichen.«

»Entschuldigung. Es ist mein Fehler. Ich war den ganzen Tag im Garten und habe das Telefon nicht gehört. Normalerweise holt meine Tochter Lucy ab, wenn Eric Training hat.«

»Aber heute ist doch gar kein Training«, antworte ich, ohne nachzudenken. Erics Mutter kann natürlich nicht wissen, dass ihr Sohn mit meinem Bruder in einem Team spielt. Doch sie scheint diese Information gar nicht so zu verarbeiten.

»Nina, es tut mir sehr leid. Vor allem für Lucy. Das wird nie wieder vorkommen. Ich hätte es ahnen müssen.«

Lucy windet sich unruhig auf dem Arm ihrer Großmutter. »Granny, I want dinner. I'm hungry«, meldet sie sich schließlich zu Wort.

»Ich mache dir sofort etwas. Geh schon mal ins Haus. Granny muss nur kurz mit Miss Nina sprechen.«

Lucy trollt sich ohne ein Widerwort. Erfahrungsgemäß eine Seltenheit in dem Alter. Als sie die Haustür hinter sich geschlossen hat, wendet sich Emma an mich. »Nina, ich möchte Sie um einen Gefallen bitten.«

»Okay?«

»Können Sie zu meinem Sohn rübergehen und ihm sagen, was heute passiert ist? Er ist zu Hause, sein Auto steht in der Garage.«

»Kann ich machen. Aber warum ich?«

»Because I'd kick his ass, if I went there now«, antwortet sie barsch. Bei diesen Worten aus dem Mund einer so eleganten Frau kann ich mir doch ein Grinsen nicht verkneifen.

»Und Sie vertrauen also auf meine erzieherischen Fähigkeiten und glauben, dass ich es nicht machen würde?«

Emma lacht. »Oh, ich hoffe, dass Sie ihm ordentlich die Meinung geigen. Sein Eingang ist an der rechten Seite vom

Haus.« Mit diesen Worten lässt sie mich in der Auffahrt stehen, um für Lucy das Abendessen vorzubereiten.

Die Klingel an Erics Tür muss ich nicht suchen, denn sie steht schon sperrangelweit auf. Zaghaft klopfe ich an den Türrahmen und trete mit einem lauten »Hallo« in den Flur.

Von hier aus kann ich bis ins Wohnzimmer sehen, doch der Raum ist durch schwere schwarze Vorhänge abgedunkelt. Ich versuche, den Raum leise zu betreten, um die Lage zu checken. Eine leere Wodkaflasche, die ich übersehe und quer durch den Raum trete, macht jedoch lautstark auf mein Eintreten aufmerksam. Neben mir auf dem Sofa ertönt ein gequältes Stöhnen. Im Halbdunkel kann ich Eric erkennen. Nach der Flasche in seiner Hand zu urteilen, ist er inzwischen zu Whiskey übergegangen. Ich gehe zu der großen Fensterfront, ziehe die Vorhänge beiseite und öffne die Terrassentür.

»Are you nuts?«, grummelt es vom Sofa.

»Das Gleiche frage ich dich«, antworte ich absichtlich laut. Eric versucht, sich gleichzeitig die Augen und die Ohren zuzuhalten, was ihm nur bedingt gelingt. Als ihm bewusst wird, wer gerade seine Wohnung betreten hat, blinzelt er unter seiner Armbeuge durch.

»What are you doing here, darlin'? Do ya wanna fuck the hot daddy?«, lallt er mir entgegen. Wenn er nicht so rotzevoll wäre, dann würde er sich jetzt noch eine fangen. Obwohl sein Anblick mir immer noch den Mund wässrig macht. Er trägt eine abgewetzte Jeans, die gefährlich tief auf seinen Hüften sitzt. Sonst NICHTS! Bevor er noch einen Schluck aus der Whiskeyflasche nehmen kann, ziehe ich sie ihm aus den Fingern.

»Eric, was ist los?«

»She's gone«, flüstert er. Will er mir jetzt ernsthaft erzählen, dass seine Frau abgehauen ist? Ich bin wohl die Letzte, bei der er sich darüber ausheulen sollte.

»Ich habe deine Tochter nach Hause gebracht, weil du sie offenbar vergessen hast. Was zur Hölle ist in dich gefahren?«

Eric zieht seine Knie unters Kinn und umschlingt seine Beine. Er versteckt sein Gesicht vor mir und zittert in seiner Selbstumarmung. »She's gone«, flüstert er wieder.

Ich habe es so satt. Mit all meiner Kraft hebe ich Eric am Oberarm hoch und schleife ihn hinter mir her ins Badezimmer. Rabiat ziehe ich ihm die Hose runter und helfe ihm, aus den Hosenbeinen zu steigen. Als ich ihm für einen Moment den Rücken zudrehe, um die Dusche zu starten, erbricht er sich lautstark in die Toilette. Ich habe nur ein Mantra im Kopf. *Was mache ich eigentlich hier? Was mache ich eigentlich hier? Was mache ich eigentlich hier? Dieser Typ steht splitterfasernackt hinter mir und kotzt, was nichts daran ändert, dass ich ihn immer noch anziehend finde. Was mache ich hier?*

Eric hat endlich seinen Magen entleert, also schiebe ich ihn unter den lauwarmen Duschstrahl und werfe ihm ein Badetuch über die Duschabtrennung.

»Wenn du wieder halbwegs klar bist, warte ich in der Küche auf dich. Ich hoffe, du hast Kaffee.«

Eric gibt nur ein Grunzgeräusch als Antwort von sich.

Zwanzig Minuten später kommt er in einen schwarzen Bademantel gehüllt, mit der Kapuze auf dem Kopf, in die Küche. Seine Augen sind schon wesentlich klarer, doch er sieht vollkommen erschöpft aus. Er lässt sich auf den Küchenstuhl fallen und weicht meinem drängenden Blick aus. Ich schiebe ihm eine dampfende Tasse Kaffee Marke Herztod hin und warte auf eine Reaktion. Eric scheint mich weiter ignorieren zu wollen, also spreche ich.

»Eric! Eine Chance. Keine Halbwahrheiten. Rede!«

Er hält sich krampfhaft an seiner Kaffeetasse fest und sieht mich immer noch nicht an. Nach mehreren Minuten habe ich genug und stehe auf.

»Ich gehe«, sage ich und will gerade aus der Küche marschieren, als Eric mich am Arm festhält.

»Stay. I'll tell you.«

Seufzend lasse ich mich wieder auf den Stuhl fallen. Eric sieht mich endlich an. Erst jetzt erkenne ich, dass das Weiße in seinen Augen fast vollständig rot angelaufen ist. Ich würde beinahe vermuten, dass er über Stunden geheult hat.

»Ich höre.«

Eric schiebt seine Tasse beiseite und will meine Hände greifen, doch ich ziehe sie zurück.

»Das verdiene ich wohl. Nina, ich weiß gar nicht, wo ich anfangen soll.«

»Vielleicht bei dem Tag, an dem ich dich mit deiner Frau im Kindergarten gesehen habe.«

»Das war nicht meine Frau. Das ist meine Schwester.«

»Ja, genau.« So eine Antwort habe ich schon fast erwartet.

»Nina, wenn du mir nicht glaubst, können wir gerne jetzt rüber gehen und meine Mutter fragen. Bestimmt ist meine Schwester sogar zuhause und du kannst dich persönlich bei ihr überzeugen. Ihr Name ist Kathy. Sie war an dem Tag mit im Kindergarten, weil sie für mich Lucy abholt, wenn ich keine Zeit habe. Und damit ich an diesem Tag nicht alleine war. Du magst mich für ein gefühlskaltes Arschloch halten, und du hast auch jedes Recht dazu, aber es war für mich nicht einfach, mein Baby zum ersten Mal in fremde Hände zu geben.«

Eric reibt sich angestrengt die Schläfen, vermutlich fühlt er die ersten Anzeichen eines Katers.

»Was ist mit deiner Frau?«

»She's gone.« Und schon weicht er wieder meinem Blick aus.

»Ich bin nicht hier, um dir alles aus der Nase zu ziehen. WAS IST MIT DEINER FRAU?«

Eric stöhnt angestrengt und legt sein Gesicht in die Hände. Er schluckt mehrmals lautstark, als wollte er ein Würgen unterdrücken.

»Sie ist tot«, sagt er schließlich. Jetzt habe ich das Gefühl, mich übergeben zu müssen. Ich nehme doch seine Hände, damit er mich ansieht.

»Seit wann?«, frage ich leise.

»Vor 4 Jahren. She died thirty minutes after Lucy's birth.«

Scheiße. Was soll ich dazu sagen? Ich habe mir vieles ausgemalt, aber das ganz sicher nicht.

»Erzähl es mir, denn ich weiß gerade nicht, wie ich reagieren soll.«

Eric lächelt und streichelt mit den Daumen über meine Knöchel. »I miss her.« Seine Augen füllen sich mit Tränen, und ich fühle einen völlig unangebrachten Stich von Eifersucht.

»Was ist passiert?«

»Eine Hirnblutung. Niemand konnte es vorhersehen. Sie ist einfach eingeschlafen. Mit Lucy im Arm. Wir waren so glücklich, und dann war sie nicht mehr da.«

»Das erklärt deinen Zustand. Dennoch kann ich es nicht entschuldigen, was heute mit Lucy geschehen ist. Es gibt keine Rechtfertigung dafür, sein eigenes Kind zu vergessen.«

Eric verkrampft beim Namen seiner Tochter und hält meine Hände noch fester. »Wo ist sie jetzt?«, fragt er zaghaft.

»Bei deiner Mutter. Der du übrigens zu verdanken hast, dass ich überhaupt hier bin.«

»Nina, glaub mir. Das ist noch nie passiert. Ich habe mich die letzten Jahre jeden Tag um mein Kind gekümmert. Ich bin ihr Vater, mit Haut und Haar. Meine Eltern oder meine Schwester springen wirklich nur im Notfall ein. Eigentlich hätte ich eine Abholung für sie organisiert. Eigentlich weiß meine Familie, dass ich einen Tag nach Lucys Geburtstag einen Tag für mich brauche. Eigentlich dachte ich, es geht mir besser. Es gibt keine Entschuldigung. I hate myself.«

Ich gehe nicht weiter auf seinen kleinen Anflug von Selbstmitleid ein, denn meine Fragen sind noch längst nicht alle beantwortet. »Warum, verdammt noch mal, hast du mir nichts von deiner Tochter erzählt? Ich bin die Letzte, die etwas gegen Kinder hat. Ich liebe Kinder. Weißt du, wie weh das tat? Ich habe dir alles anvertraut und du hast mir gar nichts gesagt. Dann sehe ich dich mit dieser Frau und einem Kind. Es ist so großartig, wenn man sich als das billige Betthäschen fühlt, das praktischerweise ja noch nicht mal schwanger werden kann.«

»Es tut mir so leid«, flüstert er und weicht wieder meinem Blick aus.

»Eric, sieh mich verdammt noch mal an«, fauche ich. »Ich will keine Entschuldigungen mehr hören, ich will Antworten. Warum?«

»Du willst wissen, warum? Nina, ich bin seit vier Jahren Vater. Mein Vertrag in Texas ist nicht verlängert worden, weil ich nicht mehr bei der Sache war. Jede Minute meines Lebens bestand nur noch aus Lucy. Ich liebe mein Kind, ich würde für sie sterben. Seit vier Jahren stehe ich jede Nacht mehrmals auf, um ihr Kuscheltier aufzuheben, um sie bei Albträumen zu beruhigen oder ihr zu sagen, dass wir um drei Uhr nachts noch nicht aufstehen, um *Curious George* zu gucken. Ich halte ihr die Haare, wenn sie sich übergeben muss, und lasse sie den kleinen, bekotzten Mund an meiner Schulter abwischen, wenn sie anschließend zitternd in meinen Armen hängt. Ich habe sie fast 3 Jahre lang jeden Tag mehrfach gewickelt. Ich schlafe neben ihr, wenn sie krank ist, und kontrolliere alle zwei Stunden ihre Temperatur. Ich tue das alles gerne, jeden verdammten Tag. Weil sie mein Kind ist und sonst niemanden hat. Aber Nina, ich bin auch noch ein Mann. Und dann warst auf einmal du da, an dem Abend in der Bar. Ich habe nicht mehr gedacht, ich habe nur noch gehandelt. Nur einmal wollte ich an mich denken und mich wieder als Mann fühlen. Es war mir vom ersten Moment an klar, dass du nicht bist wie die anderen Frauen, die sich mir an den Hals werfen wollen. Du bist schlagfertig, witzig und atemberaubend schön, ohne dir darüber auch nur ansatzweise bewusst zu sein. Ich konnte es nicht bei dem einen Mal belassen und musste dich wiedersehen.«

Auch wenn ich schwer schlucken muss, über seine emotionale Ansage bezüglich Lucy, aber auch über mich, kann ich ihn so einfach nicht von der Angel lassen.

»Das kann ich alles nachvollziehen, aber warum hast du es mir nicht am nächsten Tag erzählt?«

Jetzt wird er doch kleinlaut und ich spüre, dass er mir am liebsten ausweichen möchte. Doch er fasst sich wieder und sieht mich mit festem Blick an. »Nina, weil ich ein Idiot bin. Ich wollte einfach nicht, dass du mich als etwas siehst, was man bemitleiden muss und noch länger deinen unbeschwerten Blick auf mich genießen.«

»Mein Blick auf dich war nie wirklich unbeschwert. Dafür hattest du von Anfang an zu viele Geheimnisse.«

»Das weiß ich jetzt auch.«

Langsam ziehe ich meine Hände weg und wir sitzen uns schweigend gegenüber. Eric zieht die Kapuze vom Bademantel ab und fährt sich durch die Haare, die inzwischen schon fast trocken sind. »Und jetzt?«, fragt er nach einer Weile. Ich stehe von meinem Stuhl auf und bleibe vor ihm stehen.

»Eric, ich weiß es nicht. Ich glaube dir, was du mir erzählt hast. Das ist einfach zu abgefahren, um es sich auszudenken. Aber das ändert nichts daran, dass ich mich hintergangen fühle und dir nicht mehr vertraue.« Ich kann jetzt nicht mehr weiter reden, ich muss das alles erst verdauen. Im Vorbeigehen drücke ich Eric einen Kuss auf die Stirn und ziehe wenige Sekunden später die Haustür hinter mir zu.

Auf dem Heimweg im Auto weine ich. Ich weine um unseren versauten Start, um Erics Status als Witwer und um Lucys Mutter und Erics verstorbener Ehefrau.

8.

Ich werde ihn nicht anrufen. Nein, ich werde ihn nicht anrufen. *Sei tapfer, Nina. Benimm dich nicht wie eine läufige Hündin.* Es sind erst drei Tage, lass ihn ruhig noch etwas schmoren.

Aber eine kleine SMS kann doch nicht schaden, oder?

Warum »Humility«? Nina

Diese Frage bewegt mich schon, seit ich sein Tattoo entdeckt habe. Auf die Antwort muss ich nicht lange warten.

Weil ich nichts als Demut dafür empfinde, dass Gott mir meine Tochter geschenkt hat. Auch wenn er mir meine Frau genommen hat. Eric

Diese Antwort überrascht mich. Ich hätte ihn nicht für einen gläubigen Menschen gehalten.
Ich nehme mir mein Glas Rotwein und eine Decke mit auf die nachtschwarze Terrasse. Es ist fast Mitternacht, und die Luft riecht stark nach Herbst. Ich liebe dieses Wetter. Auch wenn ich morgen arbeiten muss, kann ich nicht einschlafen. Meine Finger ruhen immer noch auf der Tastatur meines Handys. Ich sollte es nicht, aber ich kann nicht anders.

Wie geht es Lucy?

Zu offensichtlich eine Frage, nur um den Kontakt aufrechtzuerhalten.

Ich musste verdammt viele Kniefälle machen, aber sie hat mir verziehen. Wie geht es dir?

Ich kann nicht schlafen.

Nina, ich würde gerne deine Stimme hören. Du fehlst mir. Darf ich dich anrufen?

Nicht heute. Bald. Ich brauche noch etwas Zeit. Wie geht es dir?

Ich kann nicht schlafen. Zu viele Gedanken.

Ich sollte das nicht fragen, dazu habe ich kein Recht. Doch dieser halbanonyme Kommunikationsweg macht es einfacher.

Wirst du jemals ein freies Herz haben?

Seine Antwort dauert länger, als für meine Nerven gut ist. Nervös nehme ich einen großen Schluck Rotwein.

Das ist nicht so einfach zu beantworten. Sie wird immer ein Teil von mir sein. Wir haben uns nicht getrennt, sie ist tot. Und Lucy, als ein großer Teil von ihr, wird immer bei mir sein. Aber Nina, ich habe definitiv noch viel Platz für eine neue Liebe in meinem Herzen.

Dieser Kerl straft echt alle Vorurteile Lügen.

Wie war ihr Name?

Jasmin Luciana

Deswegen Lucy?

Ja, deswegen Lucy. Wir wollten erst nach der Geburt einen Namen auswählen. Den Part musste ich allein erledigen.

Warum warst du so betrunken am Montag, wenn du doch dachtest, dass es dir besser geht?

Wegen dir. Weil ich es verbockt habe. Zusammen mit dem Todestag ... Nina, darf ich dir mal etwas verraten? Auch wenn du dazu neigst, mir das nicht zu glauben.

Sprich dich aus.

Du bist die einzige Frau, mit der ich seit meiner Frau geschlafen habe.

Du hast recht, es ist schwer zu glauben.

Was kann ich tun, um dein Vertrauen zurückzugewinnen?

Mir Zeit geben.

Okay. Kann ich in der Zwischenzeit dein Freund sein? Rein platonisch?

Und wie stellst du dir das vor?

Ich will nicht mehr, dass du im Kindergarten vor mir flüchtest. Ich will wieder mit dir reden, ohne geschlagen zu werden. Ich will dich zum Kaffee einladen und dir in die Augen sehen, ohne dass mir purer Hass entgegenschlägt. Ich will dich auch noch mal in den Arm nehmen können.

Ich habe mir hoch und heilig geschworen, ihm erst mal die kalte Schulter zu zeigen. Doch wie könnte ich jetzt noch?

Ich glaube, damit kann ich leben.

Hast du Freitagabend Zeit? Der Coffeeshop bei dir um die Ecke soll ganz nett sein.

Natürlich verliert er keine Zeit.

Ich habe Zeit. Und du offensichtlich keine zu verlieren.

Selbstverständlich nicht. Das Leben kann sehr kurz sein. Ich glaube, jetzt kann ich schon besser einschlafen. Sweet dreams, Nina.

Gute Nacht, Eric. PS: Ich hasse dich nicht.

Benebelt, nicht vom Rotwein, sondern vor Verwirrung, taumle ich ins Bett und träume von Eric, wie er mir Kaffee ans Bett bringt, anstatt ihn mit mir im Coffeeshop zu trinken.

9.

Nach dem ganzen Stress mit meinem Bruder hat David mich angefleht, mir Freitag freizunehmen und uns mittags zu einem Versöhnungsessen bei unserem Lieblingsitaliener zu schleppen. Mir kommt der freie Tag ganz gelegen, damit ich mich psychisch auf das Treffen mit Eric vorbereiten kann. Außerdem muss ich die Geschichte mit Thorsten dringend klären.

Auf dem Weg ins Restaurant herrscht peinliche Stille. Ich habe mich bei David eingehakt, und mein Bruder schlendert hinter uns her.

Nachdem wir unseren Tisch zugewiesen bekommen haben, nehmen mich die zwei in ihre Mitte. Thorsten legt einen Arm um meine Schultern und zieht mich an sich.

»Ich halt das nicht aus«, murmelt er in meine Haare.

»Ich auch nicht«, schniefe ich. »Es tut mir so leid, was ich wegen Papa gesagt habe. Das war unfair. Papa wäre verdammt stolz auf dich, wenn er wüsste, was du für mich alles getan hast.«

»Und mir tut es leid, dass ich wegen Eric so überreagiert habe. Ich habe zwar immer noch nicht die beste Meinung von ihm, aber das war vielleicht ein bisschen übertrieben.«

»Nicht nur vielleicht und auch nicht nur ein bisschen.«

Als wir alles geklärt haben und endlich wieder gut sind, wird David neben mir unruhig.

»Nina, wir möchten dir gerne etwas erzählen«, sagt er neben mir. »Darf ich?«, fragt er Thorsten. Der lächelt und nickt.

»Dein Bruder und ich, wir werden heiraten.«

David explodiert förmlich vor positiver Energie. Ich sehe ungläubig zu Thorsten, doch der trägt einen ähnlichen Gesichtsausdruck wie sein Partner.

»Ihr wollt was?«

Zeitgleich fällt bei beiden die glückliche Miene, und sie sehen enttäuscht aus. »Wir dachten, du würdest dich freuen«, sagt Thorsten zaghaft.

»Ja. Ja! Ich freue mich!« Ich drücke beide fest an mich. »Ich bin nur überrascht. Da habe ich wirklich nicht mit gerechnet. Wann ist denn das passiert?«

Die beiden sehen sich vielsagend an und grinsen verschlagen. Ich hebe abwehrend die Hände. »Schon gut, schon gut. Die Details von diesem Antrag brauche ich nicht. Ich will es mir nicht vorstellen.« Ich drücke den beiden je einen Kuss auf die Wange und nehme ihre Hände auf meinen Schoß.

»Nina, es gibt noch etwas.« Mein Bruder spielt nervös mit meinen Fingern.

»Was denn? Soll ich eure Brautjungfer werden?«

Thorsten lacht. »Ja, das sowieso. Aber das meine ich nicht. Wir wollten es dir heute sagen, weil ich morgen im Team eine Einladung an alle zu unserer Hochzeit aussprechen werde.«

Mein Bruder bricht mir fast die Finger, und David fängt neben mir an, zu weinen.

»Wirklich?« Ich bin völlig sprachlos. Das ist ein riesiger Schritt für ihn, aber so notwendig für David, der schon lange offen seine Sexualität lebt.

»Wirklich. Ich kann das nicht mehr verheimlichen. Wenn es Konsequenzen hat und es Gerede gibt, dann werde ich mich dem stellen. David war zu lange geduldig, er hat es einfach verdient. Letztendlich muss ich es auch für mich tun. Ich kann diese Fassade nicht mehr aufrechterhalten.«

Ich drücke meinen Bruder fest an mich und spüre, wie David uns beide umarmt.

»Ich bin so stolz auf dich, großer Bruder. Und ich stehe immer hinter dir. Hinter euch. Das wisst ihr hoffentlich. Ich hab euch lieb.«

Thorsten und David haben eine Trauung mit einem freien Priester geplant. Am 23. Dezember, dem Hochzeitstag unserer Eltern. Sie haben auf ihrem Weg von Paris nach Hause ein Schloss mit eingebundener Kapelle gefunden, in das sie sich verliebt haben. Dort kann geheiratet und im Anschluss gefeiert werden.

Nach dem Essen gehen wir gemeinsam in euphorischer Stimmung nach Hause. Mir fällt ein riesiger Felsbrocken vom Herzen, dass zwischen meinem Bruder und mir wieder alles gut ist. Doch ich bin auch ein bisschen aufgeregt für ihn. Sein Coming-out könnte sehr gut, aber auch verdammt schief laufen.

Eric verspricht mir, pünktlich um 21.00 Uhr im Coffeeshop zu sein. Doch ich bin so aufgewühlt von den ganzen Ereignissen des Tages und freue mich so darauf, ihn zu sehen, dass ich schon eine Stunde früher da bin und es mir mit einem Cappuccino und einem Buch gemütlich gemacht habe. Ich bin so in meine Lektüre vertieft, dass ich seine Ankunft nicht bemerke. Erst ein gehauchtes »Hey pretty«, ganz nah an meinem Ohr, macht mich auf ihn aufmerksam. Er drückt mir einen Kuss auf die Wange und setzt sich neben mich. Ich packe mein Buch beiseite und begutachte ihn von oben bis unten.

»Hallo Eric«, sage ich, während ich sein *Depeche Mode*-Shirt in Augenschein nehme. Er sieht mal wieder zum Anbeißen aus.

»Wie geht es dir heute?«, fragt er.

»Oh, mir geht's sehr gut.«

»Ich gehe mir schnell einen Kaffee holen. Möchtest du noch etwas?« Eric sieht mich abwartend an, und ich überlege für einen Moment, ob ich ihm sagen sollte, was ich möchte. Ich entscheide mich dagegen, denn das würde die Freundschaftsgeschichte nur unnötig verkomplizieren.

»Nein, danke. Ich bin noch versorgt«, antworte ich und zeige auf meinen halb vollen Cappuccino.

Nach ein paar Minuten kommt er mit einem großen Milchkaffee und drei verschiedenen Muffins zurück.

»Gab es kein Abendessen heute?«, frage ich mit Blick auf seinen Teller.

Er grinst. »Dessert. Ich bin Sportler, ich darf das. Aber du kannst gerne etwas abhaben, wenn du möchtest.«

Ich winke nur ab und halte mich an meinen Cappuccino.

»Ich bin kein Sportler, ich muss meine Kalorien zählen. Wo ist Lucy jetzt eigentlich?«

Eric schluckt hastig den ersten Bissen runter.

»Zuhause. In ihrem Bett, wo kleine Mädchen um die Uhrzeit hingehören. Meine Mutter bewacht das Babyfon und ist sofort bei ihr, wenn etwas ist. So machen wir es auch immer, wenn ich abends joggen gehe. Was liest du da?« Er greift sich mein Buch und betrachtet das Cover. »Flowers for Algernon?«, fragt er, bevor ich seine Frage beantworten kann. »Das hatte ich als Schullektüre in der Highschool. Gutes Buch, aber warum liest du es auf Englisch?«

Hoffentlich denkt er jetzt nicht, dass ich es wegen ihm mache.

»Ich arbeite den ganzen Tag nur mit kleinen Kindern, was auch toll ist und mir Spaß macht. Aber manchmal braucht mein Kopf ein bisschen mehr Futter, als Fingerspiele, Laternen basteln und verrotzte Nasen abwischen«, antworte ich mit einem Schulterzucken. Ich versuche, mich nicht zu sehr davon ablenken zu lassen, dass Eric sich gerade den Zuckerguss aus dem Mundwinkel leckt.

»Und was gab es heute für gute Nachrichten bei dir?«, fragt Eric überraschend.

»Was meinst du? Welche guten Nachrichten?«

»Du glühst förmlich, irgendetwas muss doch heute passiert sein.«

Er ist wirklich ein sehr guter Beobachter.

»Ja, es gibt gute Nachrichten. Die wirst du morgen selbst erfahren. Allerdings weiß ich nicht, ob es dann noch gute Nachrichten sind.« Bei dem Gedanken sinkt meine Stimmung gleich wieder.

»Du machst mich wirklich neugierig. Kannst du es mir erzählen, oder ist es so geheim?«

»Nein, eigentlich kann ich es dir verraten. Du weißt es sowieso schon. Mein Bruder wird seinen Lebensgefährten heiraten. Und er wird morgen das ganze Team zur Hochzeitsfeier einladen, was demzufolge sein Coming-out bedeutet.«

Eric nickt und kaut nachdenklich auf seinem dritten Muffin.

»Machst du dir Sorgen?«, fragt er, als er den Rest auch noch verdrückt hat.

»Auf jeden Fall. Ich weiß ja nicht, wie diese ganzen Testosteronbolzen darauf reagieren werden.«

Eric grinst mich an.

»Ich bin also ein Testosteronbolzen?«

»Definitiv«, antworte ich spontan. »Aber ich schätze dich nicht so homophob ein wie die restliche Meute.«

»Bin ich nicht. Ist mir völlig egal, was andere Leute in ihrem Schlafzimmer machen. Hauptsache glücklich und nicht illegal.«

Erics Blick wandert schon wieder zur Kuchentheke.

»Du hast aber nur ein sehr eingeschränktes Sättigungsgefühl, oder?«, frage ich.

Er sieht mich vielsagend an. »Wir wollten es doch als Freunde versuchen, oder?«, fragt er.

»Ja, wieso?«

»Weil ich dir aus diesem Grund auf deine Frage nicht so antworten kann, wie ich es gerade gerne würde.«

Nur für einen kurzen Moment sehe ich es aufblitzen, doch dann fährt er sein Flirten tatsächlich gleich wieder zurück. Er meint das ernst mit der Freundschaftsschiene. Schon jetzt frage ich mich, ob ich eventuell die Erste bin, die einknickt.

Wir sitzen noch bis Ladenschluss um Mitternacht im Coffeeshop und unterhalten uns über Gott und das Leben. Eric ist ein sehr angenehmer Gesprächspartner und bei weitem nicht so einseitig, wie ich es mir selbst durch meine Vorurteile eingebläut habe. Er erzählt mir, dass er nächstes Jahr neben dem Sport ein Jurastudium beginnen wird, weil er auch nicht jünger wird und diesen Sport nicht ewig professionell betreiben kann. Eine sehr vernünftige Entscheidung, wenn es auch zusammen mit Lucy sehr stressig werden wird. Mein Bruder studiert schon eine Weile neben dem Football, und ich weiß, dass er zu Prüfungszeiten richtig ins Schwitzen kommt.

Die Besitzerin des Coffeeshops befördert uns freundlich, aber bestimmt auf die Straße und Eric begleitet mich nach Hause. Vor meiner Haustür bleibt er mit den Händen in den Taschen stehen und scheint auf etwas zu warten.

»Ich würde dich ja noch reinbitten, aber ich halte das im Moment für keine so gute Idee.«

Eric sieht verwundert zu mir auf. »Das würde ich nicht erwarten. Nur Freunde, ich hab es dir versprochen. Außerdem will Lucy morgen früh um spätestens sieben Uhr ihr Frühstück. Sie kann da sehr eindringlich sein. Deswegen sollte ich auch langsam ins Bett.«

»Ich habe das sehr genossen, diesen Abend. Können wir das wiederholen?«, frage ich.

Eric strahlt mich an. »Natürlich können wir das. Ich bereue es, dass wir diese Sache nicht direkt so begonnen haben. Und dass ich nicht ehrlich zu dir war. Nina, darf ich dich umarmen?«

Er tritt unsicher von einem Fuß auf den anderen und wartet auf eine Antwort. Stattdessen drücke ich ihn kurz an mich und inhaliere seinen Duft. Er riecht so verdammt gut, und ich habe so verdammt wenig Selbstbeherrschung, wenn es um ihn geht.

»Ich bereue es, dass ich dich geschlagen habe. Das hätte ich nicht tun dürfen. Gute Nacht, Eric.«

Ohne eine Reaktion abzuwarten, gehe ich durch die bereits aufgeschlossene Haustür und lasse ihn stehen.

Oben angekommen kann ich es kaum erwarten, unter die heiße Dusche zu gehen und mir die Anspannung des Tages vom Körper zu waschen.

Eine Nachricht von Eric lässt noch einen großen Teil dieser Anspannung von mir abfallen.

Egal, wie es morgen für deinen Bruder läuft, ich werde ein Auge darauf haben, dass es nicht zu sehr eskaliert. Die Jungs sind nicht so schlimm, wie ihr glaubt. Sweet dreams. Eric

10.

Einen Tag nach Thorstens Coming-out bin ich mit Jule, David und meinem Bruder im Schwimmbad. Wir liegen entspannt am Beckenrand und beobachten das Treiben im Becken. Thorsten ist glücklich. So glücklich, wie ich ihn lange nicht mehr erlebt habe. Das Team hat die Nachricht tatsächlich gut aufgenommen. Die meisten haben sich über die Einladung zur Hochzeit einfach nur gefreut. Sie haben ihm gratuliert und direkt zugesagt. Ein paar von den Jungs haben sich lieber im Hintergrund gehalten und die Neuigkeit stillschweigend verarbeitet. Ich habe gestern Abend noch mit Eric telefoniert und er meint, der Rest würde auch noch drüber wegkommen.

David liegt neben mir und grinst wie ein Honigkuchenpferd. Ich freue mich so sehr für die zwei, auch wenn das nicht heißt, dass alle Hürden überwunden wären. Doch der größte Schritt ist gemacht.

Immer wieder kann ich beobachten, wie Thorstens Hand zaghaft zu David wandert, doch im letzten Moment zieht er sie zurück.

Jule wird das Spielchen langsam zu blöd. Sie kann es nicht unkommentiert lassen. »Mein Gott, jetzt nimm schon seine Hand. Ihr seid bei weitem nicht so interessant, wie du glaubst. Die Leute sind viel zu sehr mit sich selbst beschäftigt, um euch beim Händchen halten zu beobachten.«

Ich kann nicht anders, als laut loszulachen. Dezente Hinweise waren noch nie ihr Ding.

»Komm, Jule. Wir gehen in den Whirlpool und lassen die zwei noch ein bisschen alleine turteln«, sage ich und ziehe sie von der Liege hoch.

Unser Gang zum Whirlpool bleibt nicht unbeachtet. Das mag daran liegen, dass ich rote Haare und Jule eine voluminöse, blonde Lockenpracht auf dem Kopf hat. Es könnte aber auch daran liegen, dass wir beide exakt den gleichen schwarzen Triangel-Bikini tragen.

Als wir uns vor den Umkleiden gegenüberstanden, bekamen Thorsten und David einen hysterischen Lachanfall. Sie haben Tränen gelacht und bekamen sich kaum noch ein. Dabei war das wirklich nicht beabsichtigt. Wir wussten noch nicht mal, dass wir beide im Besitz des gleichen Bikinis sind.

Mit einem Seufzer lasse ich mich im heißen Wasser des Whirlpools nieder. Zum Glück sind wir gerade die einzigen Badegäste hier drin. Ich hasse es, wenn geile, alte Männer mit mir füßeln wollen. Jule setzt sich gleich neben mich und legt mit geschlossenen Augen den Kopf in den Nacken.

»Wie läuft es mit Eric?«, fragt sie.

»Gut. Glaube ich. Ich weiß auch nicht. Er gibt sich Mühe und ich habe Probleme, mich zu beherrschen.«

Jule lacht. »Jetzt macht er es schon ordentlich und du würdest ihn am liebsten gleich wieder anspringen. Verstehe ich das richtig?«

»So was in der Art, ja. Ich meine, hast du ihn mal gesehen?«

Jule sieht in die Ferne. »Ja, hab ich. Ich sehe ihn sogar jetzt gerade. Nur in Shorts. Und ich verstehe deine Probleme«, sagt sie verträumt.

Ich folge ihrem Blick und erspähe Eric, der mit Lucy im Wellenbecken tobt. OH. MEIN. GOTT.

»Was macht er denn hier?«, frage ich mit glasigem Blick. Jule grinst mich von der Seite an. »Woher soll ich das denn wissen? Komm, wir gehen mal rüber.«

Sie zieht mich aus dem Whirlpool und schleift mich unter Protest zum Wellenbecken. Eine junge Frau, die ich als Erics Schwester wiedererkenne, sitzt am Beckenrand und lässt die Füße ins Wasser baumeln. Mit einem zufriedenen Lächeln beobachtet sie die beiden.

»Jule, ich geh da nicht rein. Ich habe nicht vor, meinen Bikini in den Wellen zu lassen. Das käme überhaupt nicht gut, vor einem unserer Kindergartenkinder.«

»Aber ich kenne jemanden, der sich darüber vermutlich sehr freuen würde«, erwidert sie und zieht mich in die Fluten.

Lucy entdeckt uns zuerst und brüllt lauthals durch die ganze Halle. »Miss Nina! Miss Jule! Look! I can fly!« Eric wirft sie in dem Augenblick in die Luft und lässt sie beinahe ins Wasser fallen, weil er sich zu uns umdreht. In letzter Sekunde packt er sie, bevor sie untertaucht.

Lächelnd wechselt ein paar Worte mit Lucy und platziert sie dann auf seinen Schultern, um mir ihr zu uns rüberzukommen. Ich kämpfe immer noch mit dem Sitz meines Bikinioberteils, doch zum Glück setzt in diesem Moment der Wellengang aus.

»Hey Nina.« Ich höre, dass er etwas sagt, aber ich kann es nicht verarbeiten. Denn er steht nur in Shorts vor mir und das Wasser tropft von seinem Körper.

Jule rettet mich und streckt ihm die Hand hin. »Ich bin Jule. Ninas Freundin und auch Erzieherin in Lucys Kindergarten. Aber wir sind uns sicher beim Abholen schon ein paar Mal begegnet.«

Das Zappeln von Lucys Füßen auf Erics Brustkorb reißt mich aus meiner Starre.

»Was macht ihr denn hier?«, frage ich. Sehr intelligent, Nina. Vermutlich das Gleiche wie wir.

Eric grinst mich an, kommentiert meine dämliche Frage aber nicht weiter. »Lucy nervt mich schon seit Wochen, dass sie hier unbedingt einmal hin will«, sagt er stattdessen.

»What does »nervt« mean, daddy?«, fragt Lucy von oben.

Plötzlich steht Erics Schwester hinter ihm. »That means, we are here because your daddy loves you so much«, sagt sie und erntet dafür ein erleichtertes Lächeln von Eric.

Sie streckt mir ihre Hand entgegen. »Ich bin Kathy«, sagt sie freundlich.

»Hallo. Ich bin Nina und das ist Jule«, sage ich mit einem Blick auf meine Freundin. »Du bist also Erics Schwester«, stelle ich fest. Die Situation ist irgendwie überaus peinlich.

»Das bin ich wohl«, antwortet sie. »Und du bist die Nina, von der mein Bruder seit Wochen pausenlos redet.«

Ich sehe zu Eric. »Du redest über mich?« Aber du hast nicht mit mir geredet, möchte ich gerne hinzufügen. Er zuckt verlegen mit den Schultern.

Kathy nimmt Lucy von Erics Schultern. »Let's go, Lulu. We'll get something to eat. Your daddy still talks a bit with Miss Nina«, sagt sie und geht mit Lucy aus dem Becken.

Auch Jule verabschiedet sich, unter dem Vorwand, dringend etwas mit meinem Bruder besprechen zu müssen. Und somit stehen wir uns alleine gegenüber.

»Ähm, sollen wir rüber zu den Whirlpools gehen und ein bisschen reden?«, frage ich unsicher. »Ich habe hier im Becken etwas Angst um den Halt meines Bikinis.«

Eric zieht aufreizend eine Augenbraue hoch, kommentiert es aber nicht weiter. Stattdessen folgt er mir zu der Plattform mit den kleinen Whirlpoolbecken. Mit einem erleichterten Seufzer lässt er sich neben mir in das heiße Wasser sinken. Ich bin sehr froh, dass wir hier an einem öffentlichen Ort sind.

»Lucy ist ein tolles Mädchen«, sage ich. Weil es wahr ist, aber auch, weil mir gerade nichts Besseres einfällt.

»Ja, das ist sie. Aber sie ist ein Energiebündel wie ihre Mutter. Sie schafft mich. Seit 6 Uhr heute Morgen ist sie wach und zeigt bis jetzt noch kein Zeichen von Müdigkeit.«

Ich ziehe meine Knie an den Brustkorb und beobachte Eric von der Seite. So gerne würde ich ihm die feuchten Haarsträhnen aus der Stirn streichen.

»Wie geht's deinem Bruder? Hat er den gestrigen Tag gut überstanden?«, fragt er.

»Hat er. Er ist sehr erleichtert, dass alles so entspannt abgelaufen ist. Ich persönlich denke ja, er hätte es schon vor langer Zeit tun sollen. Doch das ist nicht meine Entscheidung.«

Eric sitzt neben mir und imitiert jetzt meine Haltung.

»Nina?«, fragt er leise.

»Ja.«

»I want to kiss you so badly. I'm just saying…«

»Eric«, versuche ich, ihn zu unterbrechen, doch er lässt mich nicht.

»Let me explain. Ich gebe mir Mühe und ich will nichts mehr, als dein Vertrauen wieder zu verdienen. Dennoch solltest du wissen, dass ich nicht vergessen kann, was war. I can't ignore it.«

»Eric, nicht«, versuche ich es noch mal, aber er lässt mich nicht zu Wort kommen.

»Darlin', I won't touch you till you beg for it. Aber ich werde nicht so tun, als wäre nie etwas zwischen uns passiert. Nina, ich werde morgens wach und bilde mir ein, dich neben mir zu riechen. Gerade jetzt kann ich an nichts anderes denken, als die verheilte Narbe auf deinem Bauch zu küssen. Ich habe keine rein freundschaftlichen Gefühle für dich, und ich werde auch nicht so tun, als wäre es so.«

»Okay«, ist alles, was ich darauf sagen kann.

»Möchtest du mich irgendwann nächste Woche mal besuchen kommen? Abends, wenn Lucy im Bett ist. Ich koche für uns und wir können uns eine DVD ansehen, wenn du magst?«, fragt er vorsichtig.

»Okay«, ist auch hier alles, was mir darauf einfällt.

»Du trägst übrigens Partnerlook mit Jule, falls es dir noch nicht aufgefallen ist«, bemerkt er beiläufig.

»Ich weiß«, erwidere ich grimmig.

11.

Das heiße Wasser prasselt mir auf die Haut und entspannt meine Muskeln. Ich schließe die Augen und genieße den Moment, als sich zwei starke Arme um meinen Oberkörper schlingen. Warme Lippen streicheln meine Schultern, große Hände liebkosen meine Brüste. Ich spüre Erics wachsende Erregung an meinem Rücken, und auch an mir geht seine Nähe nicht spurlos vorbei. Mit einer Hand dreht er meinen Kopf, und unsere Lippen finden sich in einem leidenschaftlichen Kuss, die andere Hand fährt zwischen meine Schenkel.

»So wet for me, pretty girl«, raunt er in mein Ohr. Seine geschickten Finger teilen meine Pussy und finden meinen Kitzler.

PIEP. PIEP. PIEP.

Ich schlage um mich, um das Geräusch wie eine lästige Fliege von mir zu entfernen. Erfolglos.

PIEP. PIEP. PIEP. PIEP. PIEP.

Verdammte Scheiße! Ich finde meinen Wecker und haue wutentbrannt drauf. Gleichzeitig fege ich ihn vom Nachttisch. Mindestens jeden zweiten Morgen werde ich nun so wach. Völlig derangiert und mit einer Hand in meinem Höschen.

Genervt werfe ich meine Bettdecke beiseite und schlurfe unter die Dusche. Alleine. Grmpf.

Nach der heißen Dusche und einer starken Tasse Kaffee geht es mir schon besser. Wobei dieser Traum nicht sehr hilfreich war in Hinblick auf die Tatsache, dass ich mich heute Abend mit Eric treffe.

Bevor ich mich anziehe, schicke ich ihm noch eine Nachricht.

Ich bringe das Dessert mit! Und wenn ich Dessert sage, dann meine ich etwas Essbares. ;-) Nina

Seine Antwort kommt schon Sekunden später.

One day you will beg for it. Ich freue mich auf dich. Bis heute Abend. Eric

Mit Eric zu flirten macht Spaß, doch bin ich mir sehr darüber bewusst, dass es zwischen uns rasend schnell von Spaß zu Ernst umschlagen kann.

Nach der Arbeit bereite ich im Eiltempo Teig für Brownies zu und springe nochmals unter die Dusche, während sie im Ofen backen. Ich ziehe mir eine Jeans und ein enges, weißes Langarmshirt an. Auf dem Weg nach draußen schlüpfe ich hastig in meine Schuhe und meinen Mantel. Mit Brownies und Vanilleeis bewaffnet, steige ich in mein Auto und mache mich auf den Weg zu Eric.

Ich parke mein Auto an der Seite des Hauses und muss feststellen, dass noch alle Zimmer hell erleuchtet sind. Ein Blick auf die Uhr sagt mir, dass ich nicht zu früh bin. Nein, es ist Punkt acht Uhr.

Mit einer Hand balanciere ich die Brownies und das Eis, um mit der freien Hand zaghaft an der Tür zu klopfen. Lucy hat die Tür aufgerissen, bevor ich eine Chance habe, meine Hand wegzuziehen.

»Miss Nina. What are you doing here?« Sie trägt einen Schlafanzug, doch ihre feuchten Haare deuten darauf, dass sie gerade erst aus der Badewanne kommt. Ein völlig gestresster

Eric im nassen T-Shirt bestätigt meine Vermutung. Er sieht leicht verzweifelt und entschuldigend zu mir. Lucy will unbedingt wissen, was ich mitgebracht habe und möchte dann natürlich auch gleich etwas davon abhaben.

»Da musst du deinen Daddy fragen. Das kann ich nicht entscheiden«, sage ich ihr.

Eric scheint komplett genervt. Seine Haare stehen ihm wild vom Kopf ab, und irgendetwas Undefinierbares klebt auf seinem T-Shirt. »A little piece of brownie and then it's bedtime, princess«, gibt er sich geschlagen.

Lucy sitzt zufrieden am Küchentisch und mampft ihren Brownie. Eric hat noch nicht mehr als drei Worte mit mir gesprochen. Keine Ahnung, was ich falsch gemacht habe. Wenn es wegen Lucy ist, hätte er mich einfach anrufen sollen und ich wäre später gekommen.

»Can you read to me, Miss Nina?«, fragt Lucy, als Eric ihr den schokoladenverschmierten Mund abgewischt hat. Ich sehe um Zustimmung bittend zu Eric, der nur mit den Schultern zuckt.

»Das kann ich machen. Du gehst jetzt Zähneputzen und sagst deinem Daddy Gute Nacht, und dann komme ich und lese dir etwas vor.«

Lucy stiefelt ins Badezimmer, und ich drehe mich zu Eric um.

»Was ist los?«, frage ich.

»It's just … « Nervös fährt er sich durch die Haare und steht dann mit hängenden Schultern vor mir.

»Ist es wegen Lucy? Wolltest du nicht, dass sie mich hier sieht? Eric, ich hätte das verstanden. Wenn du mich angerufen hättest, wäre ich später gekommen oder wir hätten es auf einen anderen Tag verschoben.«

»Das ist es nicht. Ich wollte nur, dass sie im Bett ist, wenn du kommst. Damit wir Zeit für uns haben. Ich hatte nicht geplant, dass du in dieses Chaos platzt.«

Ich lege meine Hände auf seine Wangen und zwinge ihn, mich anzusehen.

»Es ist okay. Hörst du? Es macht mir nichts aus. Lucy ist eine ganz normale Vierjährige, und mit denen läuft selten etwas glatt. Kinder sind Chaos. Ich weiß das, Eric.«

Bevor ich der Versuchung erliegen kann, meine Arme um seinen Brustkorb zu legen, kommt Lucy aus dem Bad.

»I'm done. Good night, daddy.« Mit ausgestreckten Armen steht sie im Türrahmen und wartet darauf, von Eric in den Arm genommen zu werden.

Nachdem ich Lucy eine Geschichte vorgelesen und sie zugedeckt habe, bittet sie mich, kurz bei ihr sitzen zu bleiben.

»It's good to have you here, Miss Nina«, sagt sie mit ernstem Gesichtsausdruck.

»Warum das?«, frage ich erstaunt.

»Because my daddy likes you. Also he's no longer alone. My mommy is an angel. Did you know?«

Ich muss mir auf die Wange beißen, damit mir nicht die Tränen in die Augen schießen. Diese kleine Maus ist so unschuldig und betrachtet ihr Schicksal doch mit einer großen Sachlichkeit, die überhaupt nicht zu ihrem jungen Alter passt.

»Ja, das weiß ich. Jetzt schlaf, Lucy. Du musst morgen früh aufstehen.«

Ich verlasse Lucys Zimmer und sehe Eric an der Wand im Flur lehnen. Er trägt ein frisches T-Shirt und hat sich anscheinend etwas entspannt.

»Besser?«, frage ich. Lächelnd nickt er und nimmt meine Hand. Er zieht mich die Treppe runter in die Küche, die er zwischenzeitlich abgedunkelt hat. Nur eine kleine Lampe auf der Fensterbank und ein paar Kerzen auf dem Tisch beleuchten den Raum. Der Tisch ist gedeckt, und eine dampfende Auflaufform mit Lasagne steht in der Mitte. Der Duft macht mir den Mund wässrig.

»So wollte ich dich eigentlich begrüßen«, flüstert er hinter mir.

Ich gehe nicht weiter auf seine Bemerkung ein, sondern schlinge lieber meine Arme um seinen Oberkörper. Eric wirkt erst überrascht, aber schließlich entspannt er sich und legt auch seine Arme um mich. Ich drücke meine Wange an seinen Brustkorb und sauge seinen markanten Duft ein.

»Hallo«, sage ich leise.

»Hi darlin«, antwortet er mit einem schüchternen Unterton.

Damit ich nicht auf dumme Gedanken komme, befreie ich mich nach kurzer Zeit aus seiner Umarmung und setze mich an den Tisch.

»Das sieht verdammt gut aus. Hast du das gemacht?«

Eric schnalzt abwertend mit der Zunge. »Ich ernähre mein Kind seit vier Jahren und habe sie noch nicht vergiftet. Bei meinen Eltern isst sie nur in Ausnahmefällen«, erwidert er schnippisch.

»Hey, das war kein Angriff. Es riecht nur so lecker.« Ich beuge mich über den Tisch und schnuppere an der Lasagne. Eric öffnet eine Flasche Rotwein und gießt mir ein Glas ein.

»Nur ein halbes bitte, ich muss noch fahren«, halte ich ihn ab, das komplette Glas einzuschenken.

Ich merke ihm an, dass er gerne etwas sagen möchte, doch er verkneift es sich. Es ist nicht bloß die Tatsache, dass ich fahren muss. Wir beide allein und Alkohol ist auch keine gute Kombination.

Wir essen mit Appetit von der Lasagne und Eric erzählt mir, dass Lucy schon den ganzen Tag unter Strom stand und kaum ruhig zu halten war. Es tut so gut, dass er endlich offen über sein Leben mit mir spricht. Er gibt sich wirklich Mühe, doch ich brauche mehr als ein paar Tage Offenheit, um ihm wieder vertrauen zu können.

Nach dem Essen räumen wir die Küche auf. Wir arbeiten gemeinsam, als würden wir uns schon ewig kennen, und es fühlt sich gut an. Eric erwärmt die Brownies und portioniert das Vanilleeis auf die kleinen Kuchen. Wir nehmen unsere Teller, um sie ins Wohnzimmer zu tragen. Zumindest dachte ich das. Eric nimmt meine Hand und zieht mich hinter sich her.

»I want to show you something, if that's okay?«

Ohne meine Antwort abzuwarten, führt er mich in das obere Stockwerk seiner Wohnung. Gleich am Treppenabsatz zieht er mich durch eine Tür in einen abgedunkelten Raum. Er betätigt den Lichtschalter, und vor mir offenbart sich ein elegantes Büro mit dunklen Mahagonimöbeln. Vor der Fensterfront, die einen Blick in den nachtschwarzen Garten freigibt, steht ein massiver Schreibtisch mit einem gepolsterten Ledersessel, der so gemütlich aussieht, dass ich mich darin zum Schlafen zusammenrollen möchte. Die rechte Wand des Raums ist mit deckenhohen Bücherregalen ausgefüllt, und die linke Wand von der Decke bis zum Boden mit Bilderrahmen bedeckt. Die meisten dieser Bilder zeigen Lucy in verschiedenen Altersstufen, mit unterschiedlichen Familienmitgliedern.

»Wow«, ist alles, was mir dazu einfällt. Von Eric hätte ich ein Zimmer mit Sporttrophäen erwartet, aber nicht das hier.

»Ich brauche ja ein Zimmer zum Studieren für die nächsten Jahre«, erklärt Eric. »Aber das war es nicht, was ich dir zeigen wollte.«

Er stellt unsere Dessertteller auf den Schreibtisch und führt mich vor das imposante Bücherregal. Darin findet sich auf den ersten Blick einiges an zeitgenössischer Literatur, sowie ein paar Klassiker. Natürlich alles auf Englisch.

»Das ist ja genial. Darf ich hier einziehen, in diesen Raum?« Eric lacht und drückt mich in den Sessel. Er schiebt mir einen Dessertteller rüber und setzt sich mir gegenüber auf einen Stuhl.

»Nein, mal im Ernst«, fahre ich fort. »Darf ich dich als Bücherei benutzen?« Ich schiebe mir eine Gabel voll Brownie und Vanilleeis in den Mund.

»Natürlich. Deswegen habe ich es dir gezeigt. Du darfst mich auch noch für ganz andere Sachen benutzen, wenn dir danach ist«, antwortet er mit unbewegter Miene und macht sich dann über sein Dessert her.

Ich übergehe seinen anzüglichen Kommentar und betrachte die Fotos von Lucy. »Gibt es ein Foto von Lucy mit ihrer Mutter?«, frage ich, bevor ich mir der Tragweite dieser Frage bewusst werde. Eric funkelt mich an und legt seine Gabel auf den Teller.

»Eric, es tut mir leid. Bitte! Ich habe nicht nachgedacht.«

Mein Bitten macht seine Gesichtszüge wieder weicher. Er nimmt meine Hände und scheint mit seinen Worten zu hadern.

»Du musst gar nichts sagen. Das war einfach nur taktlos von mir«, versuche ich ihn weiter zu beschwichtigen.

»No, it's ok. I'll show you some pics, but only if you really want to«, sagt er seufzend.

»Das wäre schön, aber du musst es wirklich nicht.«

»No, I want to. Meine Reaktion tut mir leid. Ich habe nur nicht damit gerechnet.«

In aller Stille genießen wir die Reste unseres Desserts. Als wir fertig sind, schiebt Eric die Teller beiseite und kommt zu mir, auf die andere Seite des Tisches.

»Kannst du mich da mal ranlassen?«, fragt er. Ich stehe aus dem komfortablen Sessel auf und Eric nimmt kurz Platz. Er schließt eine Schublade auf und holt ein Fotoalbum heraus.

»Ich muss das einschließen, sonst hätte Lucy es schon komplett abgenutzt. Sie hat ein Identisches, allerdings habe ich ihr die Fotos einschweißen lassen.«

Er will gerade aufstehen, doch ich drücke ihn an der Schulter wieder runter. Fragend sieht er zu mir auf.

»Bleib sitzen. Es ist dein Schreibtisch.« Ich weiß nicht, ob es gut ist, was ich gerade möchte. Doch ich kann nicht so viel Abstand halten. »Kann ich auf deinem Schoß sitzen, wenn wir die Fotos ansehen?«, frage ich leise. Statt einer Antwort zieht Eric mich auf seinen Oberschenkel und schlingt mir einen Arm um die Taille. Er legt sein Kinn auf meine Schulter und schlägt die erste Seite auf. Dort klebt ein Ultraschallbild, auf dem ein roter Pfeil eingezeichnet worden ist, der auf einen kleinen Punkt deutet. Darunter steht *Sixth week of pregnancy*.

»Jasmin hat das Album angefangen, als wir von der Schwangerschaft erfahren haben. Ich habe nur die letzten Seiten ergänzt«, erläutert Eric.

Gemeinsam gehen wir das komplette Album durch. Es sind auch einige Bilder von Jasmins schwangerem Bauch dabei. Der Anblick versetzt mir einen Stich, doch ich schlucke meine schlechten Gefühle schnell runter, denn es gibt wohl kaum etwas Geschmackloseres, als auf eine tote Frau neidisch zu sein. Eric hat zu beinahe jedem Foto oder Andenken eine Geschichte.

Manches erzählt er nur mit sehr belegter Stimme, aber er erzählt es von sich aus. Ich dränge ihn nicht.

Jedes einzelne Foto zeigt deutlich, wie verliebt die beiden waren. Selbst wenn nur Jasmin auf den Fotos zu sehen ist – ihr Lächeln, dass sie Eric hinter der Kamera schenkt, spricht Bände. Als wir auf der letzten Seite angelangt sind, gibt es nur ein Foto. Jasmin und Eric mit einer neugeborenen Lucy auf dem Krankenbett. Beide völlig erschöpft und doch so glücklich. Eine Träne sickert durch den Stoff auf meiner Schulter. Ich drehe mich nicht zu ihm um, sondern nehme seine Hände und verschränke unsere Finger miteinander.

Es ist schon weit nach Mitternacht und ich muss dringend nach Hause. »Bringst du mich zur Tür? Es ist leider schon so spät und ich muss morgen arbeiten«, frage ich, als ich das Gefühl habe, dass er seine Fassung wiedergewonnen hat. Er nickt, und wir stehen gemeinsam auf. Er geht hinter mir und lässt meine Hände nicht los.

»Die Teller stehen noch auf deinem Schreibtisch«, fällt mir auf halbem Weg ein.

»Da kümmere ich mich später drum. Jetzt sehen wir erst mal, dass wir dich sicher ins Auto bekommen.«

An der Haustür lässt er dann doch meine Hände los und hilft mir in den Mantel. Unsicher stehen wir uns gegenüber. Mir ist bewusst, wie sehr er sich mir heute geöffnet hat und was für ein großer Schritt das für ihn gewesen sein muss. Ich gehe auf ihn zu und nehme sein Gesicht in meine Hände. Mit den Daumen streiche ich über seine Wangenknochen. Eric lehnt sich seufzend in meine Berührung und schließt die Augen. Den Augenblick nutze ich, um ihm einen Kuss auf die Wange, ganz nah an seinem Mundwinkel, zu drücken. Überrascht reißt er die Augen auf, doch bevor noch mehr passiert, trete ich wieder zurück.

»Danke für den schönen Abend, Eric. Es hat mir wirklich gut gefallen. Auch und gerade, weil ich Lucy ins Bett gebracht habe.«

»Gute Nacht, Nina. Jederzeit wieder. Und, danke!«

Ich drehe mich um und gehe, grinsend wie ein Honigkuchenpferd, zu meinem Auto. Es geht mir gut und so wie es läuft, ist es richtig.

12.

Am nächsten Morgen erwartet mich Lucy gleich an der Tür zu meiner Gruppe.

»Guten Morgen, Lucy. Was machst du denn hier?«, frage ich sie und gehe an ihr vorbei in den Raum. »Solltest du nicht in deiner Gruppe sein?«

Sie sieht mich angestrengt an und kämpft um die richtigen Worte. »Ich habe gesagt, ich muss reden mit Miss Nina. Miss Kristina knows where I am.«

Ich lege meine Jacke und Tasche ab und hocke mich dann vor Lucy. »Ich habe es dir schon mal gesagt, du kannst mich Nina nennen. Wir nennen uns hier alle nur beim Vornamen. Okay?«

Lucy sieht mich kopfschüttelnd an. »Ich versuche zu remember, aber sometimes I don't even know what you are talking about.«

Ihre Unterlippe fängt an zu zittern, doch bevor die ersten Tränen kommen, nehme ich ihre Hände, damit sie mich ansieht. »Lucy, du machst das ganz toll. Ich weiß, dass es für dich manchmal schwierig ist, aber wir sind alle für dich da und niemand schimpft, wenn du etwas nicht verstehst und noch mal nachfragst. Hast du das verstanden?«

Nervös kratzt sie sich am Arm und nickt. Eric hat mir erzählt, dass sie schon seit ein paar Monaten mit ihr teilweise Deutsch sprechen. Es würde mich auch wundern, wenn sie in den paar Wochen solche Fortschritte gemacht hätte. Normalerweise verhalten sich fremdsprachige Kinder in den ersten Wochen uns gegenüber eher wortkarg. Die Kinder untereinander scheinen dagegen nie Verständigungsprobleme zu haben.

»Warum bist du denn hier? Wolltest du mir etwas sagen?«, frage ich sie.

»Thank you sagen, because du hast für mich gelesen gestern Abend. That was very nice.«

Je mehr sie redet, desto mehr vermischt sie die Sprachen. Es ist niedlich und manchmal bin ich wirklich versucht, ihr auf Englisch zu antworten, nur um es ihr ein wenig einfacher zu machen.

»Das habe ich sehr gerne gemacht, Lucy.«

»Will you do that again?«, fragt sie aufgeregt. Sie kann natürlich nicht verstehen, dass ich ihre Frage nicht einfach so bejahen kann.

»Wenn sich die Gelegenheit ergibt und dein Daddy damit einverstanden ist, dann sehr gerne.«

Meine Antwort reicht Lucy, um einen kleinen, aber lautstarken Jubeltanz aufzuführen, der meine Kollegin Martina dazu bewegt, uns einen irritierten Blick aus der Küche zuzuwerfen.

Als Lucy sich wieder in ihre Gruppe getrollt hat, sieht Martina mich fragend an.

»Was?«, frage ich ungehalten.

»Lucys Vater?«

»Ja, Lucys Vater. Nein, ich habe ihn nicht hier aufgegabelt. Und ja, es ist kompliziert«, antworte ich in einem Ton, der keine weiteren Fragen zulässt. Als ich den Küchenbereich verlasse, um die Bastelecke vorzubereiten, höre ich meine Kollegin die Melodie von *Love is in the air* pfeifen. Blödes Huhn.

Der Abend bringt einen der ersten herbstlichen Gewitterstürme. Ich habe mich gerade mit einem heißen Kakao und meiner Kuscheldecke auf die Couch verkrochen, als es an der Tür klingelt. Genervt werfe ich meine Decke wieder beiseite und gehe an die Sprechanlage.

»Ja?«, frage ich mürrisch.

»Hier ist Eric. Kann ich kurz raufkommen?« Er hört sich abgekämpft an und muss tropfnass sein, denn draußen schüttet es aus Eimern. Ich drücke ihm die Tür auf und warte, dass er die Treppe heraufkommt. Mit einer großen, weißen Schachtel, die das Logo meiner Lieblingskonditorei trägt, joggt er auf mich zu. Das Wasser läuft ihm aus den Haaren, und auch seine Laufklamotten sind durchnässt.

»Was machst du hier?«, frage ich entgeistert.

Er braucht einen Moment, um zu Atem zu kommen.

»Ich wollte dich etwas fragen?«, keucht er mir entgegen.

»Komm erst mal rein.« Mit einer Handbewegung bitte ich ihn in meine Wohnung. Eric bleibt unsicher im Flur stehen.

»I'm soaked«, bemerkt er und sieht an sich herab.

»Das sehe ich. Was hast du da?« Ich zeige auf die Schachtel in seiner Hand.

»Cupcakes. For you. Als Bestechung, damit du mir eine positive Antwort gibst.«

»Oh je, was kommt denn jetzt?« Bevor ich den armen Kerl noch länger zitternd im Flur stehen lasse, bitte ich ihn nochmals in meine Wohnung. »Da ist noch ein Bademantel von meinem Bruder im Badezimmer. Du könntest dich ausziehen, und ich werfe deine Klamotten in den Trockner.«

Eric sieht unsicher aus. »Ist das okay? Ich will dir keine Umstände machen.«

»Natürlich ist das okay. Aber warum bist du nicht mit dem Auto gekommen? Wieso gehst du überhaupt bei diesem Wetter joggen?«

»Ich hatte das Gefühl, ich brauche eine Ausrede, um zu dir zu kommen. Zugegeben, joggen ist in unserem Fall schon lange ein schlechter Vorwand.«

»Ja, ist es. Und nein, du brauchst keine Ausrede. Du hättest auch einfach anrufen und sagen können, dass du mich besuchen möchtest.«

Ich schiebe ihn ins Bad und werfe seine Kleidung in den Trockner, die er vor der Badtür ablegt. Nicht, ohne vorher mal meine Nase reingehalten zu haben.

Als Eric aus dem Bad kommt, sitze ich auf der Couch und starre auf den Karton mit Cupcakes.

»Wieso hat dein Bruder eigentlich einen Bademantel bei dir?«, fragt Eric hinter mir.

»Sein Badezimmer ist vor einem halben Jahr saniert worden und da hat er hier geduscht. Er vergisst ständig, den Bademantel wieder mitzunehmen. Ehrlich gesagt, trage ich ihn seitdem. Er ist so schön groß und kuschelig.«

Eric schnuppert am Ärmel. »Dachte ich mir doch, dass er nach dir riecht. Ein bisschen zu blumig für einen Kerl.«

»Was wolltest du mich fragen, dass du eine so wirksame Bestechung mitbringen musstest? Woher weißt du, dass ich für Cupcakes morden würde?«

»Wusste ich nicht, war nur gut geschätzt.« Er setzt sich neben mich auf die Couch und versucht umständlich, seine Körpermitte zu bedecken. Ein gar nicht so leichtes Unterfangen mit einem Bademantel, der ihm offensichtlich etwas zu klein ist. Zum Glück habe ich schon bei seiner Wäsche bemerkt, dass er seine Boxershorts angelassen hat. Oder hatte er vielleicht gar keine an? Besser nicht hinsehen. Eric spielt nervös mit dem Gürtel des Bademantels.

»Was ist jetzt? Spuck es schon aus.« Ich stupse ihn mit meiner Schulter an.

»Zwei Sachen. Als Erstes – kommst du Sonntag zum letzten Spiel der Saison?«

»Natürlich komme ich. Das kannst du dir doch eigentlich denken, oder nicht? Thorsten wäre sehr eingeschnappt, wenn ich nicht käme.«

»Würdest du auch kommen, wenn es nur wegen mir wäre?«

»Ich verstehe nicht.«

Eric nimmt meine Hand und verschränkt unsere Finger. Seine Haut ist noch ganz eisig von dem Regenschauer.

»Meine Mutter würde gerne mit dir zusammensitzen, und mir würde es sehr gefallen, wenn du als meine Begleitung da wärst.« Er sieht auf unsere Hände und spielt jetzt mit meinen Ringen.

»Eric, ich dachte, wir …«

»Nein, Nina«, fährt er mir über den Mund. »Ich weiß, dass ich Mist gebaut habe, und du bekommst alle Zeit der Welt, um mir wieder zu vertrauen, aber die Freunde-Nummer läuft echt nicht. Ich will dir so nah sein, wie du mich nur lässt und ich will, dass du meine Familie kennenlernst. Ich meine es wirklich ernst. Ich empfinde eine Menge für dich, und ich werde mich nicht dagegen wehren. Für mich ist das auch nicht leicht, aber ich will wieder etwas fühlen und ich bin bereit, das Risiko einzugehen, das damit verbunden ist. Wir wissen beide ziemlich genau, dass hier wesentlich mehr stattfindet als nur Freundschaft.«

»Okay«, ist alles, was ich darauf erwidern kann. Worüber soll ich noch diskutieren, er hat recht mit jeder einzelnen Silbe.

»Dann kommt gleich im Anschluss die eigentlich größere Frage. Möchtest du mit mir zu der Hochzeit deines Bruders gehen? Als mein Date?«

»Du hast mir Cupcakes gebracht.« Meine dämliche Reaktion verursacht bei Eric ein Stirnrunzeln.

»Ist das ein Ja?«, fragt er verunsichert.

»Ja, Eric. Das ist ein Ja«, antworte ich und nicke heftig zur Bekräftigung meiner Aussage. »Aber nur, wenn du mit mir teilst. Denn sonst passe ich in kein Kleid mehr.«

»Dann muss ich uns noch etwas Essbares besorgen. Ich kann das süße Zeug nicht auf nüchternen Magen essen. Ich hatte noch kein Abendessen. Warte! Hast du gerade Ja gesagt?« Er strahlt mich an und sieht sehr viel entspannter aus als bei seiner Ankunft.

»Ja, habe ich. Du kannst es ruhig glauben. Magst du Tomatencremesuppe und Knoblauchbrot? Ich hab noch einen guten Rest von meinem Abendessen.«

»Darlin', ich will dir keine Umstände machen.«

»Das sind keine Umstände. Deine Wäsche dauert sowieso noch, und wenn du es nicht isst, dann findet Thorsten es spätestens morgen Mittag. Wo ist eigentlich Lucy?«

»Die ist bei meinen Eltern. Sie hat mit meiner Mutter den ganzen Nachmittag Cookies gebacken und schläft heute dort. Morgen ist ja Samstag, da muss sie schließlich nicht früh aufstehen, und ich kann auch noch mal ausschlafen.«

Eric leistet mir in der Küche Gesellschaft, während ich die Suppe aufwärme. Gierig isst er eine ordentliche Portion und lobt überschwänglich meine Kochkünste. Die Mengen, die er verschlingt, würden mich wahrscheinlich abstoßen, wenn ich es nicht von Thorsten gewohnt wäre. Ich sitze ihm am

Küchentisch gegenüber und beobachte ihn beim Essen, derweil ich an meinem abgekühlten Kakao nippe.

Als das Piepen des Wäschetrockners signalisiert, dass Erics Kleidung nun trocken ist, kann er es schon kaum noch erwarten, aus Thorstens Bademantel herauszukommen. Er schlüpft in seine Klamotten und wir machen uns vor dem Fernseher über die Cupcakes her. Ich bemerke seine verstohlenen Blicke und versuche, ihn nicht zu sehr selbst zu beobachten.

»Ich muss dir noch etwas erzählen«, sagt er, als wir uns eingekuschelt haben. »Ich war nicht ganz ehrlich und ich muss es dir jetzt erzählen. Sonst habe ich das Gefühl, dich schon wieder zu belügen.«

»Was ist es denn?«, frage ich leise und traue mich kaum, ihn anzusehen.

»Ich habe dir ja erzählt, dass ich mich seit vier Jahren jeden Tag um Lucy gekümmert habe. Das stimmt nicht ganz.«

Jetzt hat er meine Aufmerksamkeit. Ich setze mich auf und sehe ihn abwartend an.

»Als die Ärzte mir gesagt haben, dass Jasmin tot ist, da habe ich einfach das Krankenhaus verlassen und Lucy dort gelassen. Ich bin nach Hause gefahren und habe mich fast ins Koma gesoffen. Zu der Beerdigung meiner Frau bin ich sturzbetrunken aufgetaucht. Meine Eltern hatten Lucy in ihre Obhut genommen und versuchten tagelang, an mich ranzukommen. Gleich nach dem Begräbnis bin ich wieder nach Hause gefahren und habe mich mit einer Flasche Wodka in die Badewanne gelegt.«

Das klingt gar nicht gut. Ich nehme seine Hand und drücke sie ermunternd.

»Meine Eltern hatten einen Wohnungsschlüssel. Sie haben die Küche mit vorbereiteten Milchflaschen ausgestattet und genügend Milchpulver für eine Woche deponiert. Anschließend haben sie Lucy in ihrer Babyschale vor die Badezimmertür gestellt und einfach die Wohnung verlassen. Selbstverständlich hat sie irgendwann angefangen zu weinen. Erst habe ich versucht, dass zu ignorieren, weil ich dachte, dass meine Eltern schon noch irgendwo wären. Leider hatte ich mich da geirrt. Also war ich gezwungen, mich auszunüchtern und mich um mein Baby zu kümmern. In den ersten Tagen habe ich schlicht funktioniert und Lucy wirklich nur versorgt. Irgendwann ist die ganze Trauer über mir zusammengebrochen und mir ist bewusst geworden, dass Lucy alles ist, was mir von Jasmin noch bleibt. Ich habe sie nachts in mein Bett geholt und stundenlang nur betrachtet, bis bei mir durchgesickert ist, dass dies tatsächlich mein Kind ist.«

Eric ist sehr gefasst, doch sein Blick ist abwesend.

»Ich kann nicht glauben, dass deine Eltern sie einfach bei dir abgestellt haben«, ist alles, was mir dazu einfällt.

Eric lacht. »Dasselbe dachte ich damals auch. Als ich Lucy das erste Mal angezogen und in ihren Kinderwagen gepackt habe, um Milchnachschub zu besorgen, bin ich über meinen Vater gestolpert, der auf meiner Fußmatte saß. Wie ich erfahren musste, hat meine wunderbare Familie in diesen ersten Tagen vor meiner Haustür Wache geschoben. Außerdem hatten sie ja recht. Lucy ist meine Tochter und Jasmins Tod hat nichts daran geändert, dass ich für sie verantwortlich bin.«

»Du scheinst eine tolle Familie zu haben.«

»Das habe ich. Und ich möchte, dass du sie kennenlernst.«

Als die letzte Comedysendung dem Ende zugeht und die nächtlichen Nachrichten beginnen, wird Eric unruhig.

»You must be tired. Ich gehe jetzt«, sagt er unsicher.

Ich nehme wieder seine Hand und zeichne die Linien in seiner Handinnenfläche nach.

»Musst du denn gehen?«, frage ich vorsichtig.

»No.«

»Möchtest du hierbleiben? Nur schlafen.«

»Do you think this is a good idea?«

»Wenn du dich beherrschen kannst, dann ja.«

»Ich möchte nur zu einem späten Frühstück wieder bei Lucy sein und muss später noch zum Training. Nicht, dass du denkst, ich würde einfach abhauen.«

»Ich denke gar nichts, Eric. Ich will nur nicht alleine sein.«

Als ich aus dem Bad komme, liegt Eric schon in meinem Bett. Mit hinter dem Kopf verschränkten Armen starrt er an die Decke. Er hat seine Laufklamotten wieder ausgezogen und sich nur mit Boxershorts unter das Oberbett gelegt. Also war er doch nicht nackt unterm Bademantel.

Ich trage auch nur ein Trägershirt und eine knappe Shorts. Eric hebt die Decke an, damit ich darunter krabbeln kann. Nach kurzem Zögern lege ich meinen Kopf auf seine Schulter und meinen Arm um seinen Brustkorb. Er ist so verdammt warm. Ich kann der Versuchung nicht widerstehen, mich näher an ihn zu pressen und ein Bein über seine Oberschenkel zu legen. Eric zieht mich noch fester an sich und seufzt entspannt. Er drückt mir einen Kuss auf die Haare. Innerhalb weniger Minuten sind wir beide in einen ruhigen Schlaf weggedriftet.

Am nächsten Morgen bin ich leider alleine in meinem Bett, doch es ist bereits 10.30 Uhr und Eric hatte mich ja vorgewarnt. Wieder finde ich eine Nachricht an meinem Kühlschrank.

Sleeping with you in my arms is heaven.
Have a nice day (and think about me/us).
Eric.

13.

Zusammen mit Erics Mutter sitze ich in den für die Familienmitglieder reservierten Sitzen und versuche, dem Spiel zu folgen. Nicht, weil es mich so besonders interessiert, sondern weil ich nicht weiß, worüber ich mit ihr reden soll. Die ganze Situation ist mehr als unangenehm.

»Eric war Freitagnacht nicht zuhause. Darf ich davon ausgehen, dass er bei Ihnen übernachtet hat?«

Ich dachte erst, ich hätte mich verhört, weil Emma nach wie vor auf das Spielfeld sieht und mich nicht weiter beachtet. Lügen wäre wohl der falsche Weg, also bin ich ehrlich.

»Ja, er war bei mir. Aber Emma, es ist nicht so. Er hat nur bei mir geschlafen.«

»Nina, please don't. No details. Mein Sohn ist ein erwachsener Mann, und solche Dinge müssen Sie mir nicht erzählen.« Sie sieht nun doch zu mir. »Ihnen sollte nur bewusst sein, worauf Sie sich einlassen. Erics Priorität ist Lucy, und das wird auch immer so bleiben.«

»Das weiß ich, und das ist auch absolut richtig so.«

»Gut. Sie sollten nur wissen, dass ich keins von diesen Flittchen in meinem Haus dulde, die es auf kranke Art sexy finden, dass mein Sohn allerziehend und Witwer ist. Nicht, dass ich Sie grundsätzlich für eine solche Person halte.«

»Als ich Ihren Sohn kennengelernt habe, wusste ich überhaupt nichts von Lucy.«

»Ja, meine Tochter hat mich in groben Zügen über Erics Totalausfall aufgeklärt. Ich bin nur froh, dass wir das geklärt haben.«

Was dann kommt, ist für mich vollkommen überraschend und unerwartet. Emma lehnt sich zu mir und drückt mich an sich.

»Thank you for making my son happy again. However, please be careful with his heart. It's already damaged«, flüstert sie mir zu, bevor sie wieder von mir ablässt. Ich kann ihr nicht antworten, sonst würde ich anfangen zu heulen. Also beiße ich mir auf die Lippe und nicke nur. Ich kann ihr wohl kaum erzählen, dass auch mein Herz beschädigt ist. Natürlich ist es nicht mit Erics Situation zu vergleichen, doch was mein Ex mir angetan hat, sitzt tief. Jeder denkt, ich hätte es gut verarbeitet, doch er hat mich an meiner empfindlichsten Stelle getroffen. Das kann ich anderen gegenüber kaum in Worte fassen, ohne zusammenzubrechen. Die Art der Trennung von meinem Ex ist auch ein Grund, warum ich Eric so lange zappeln lasse. Was ist, wenn er irgendwann noch ein Kind möchte und ich bis dahin nur eine nette Ablenkung bin? Inzwischen habe ich keine Zweifel mehr daran, dass er gut ist, doch ich bin noch nicht in der Lage, meine selbst erbaute Mauer einzureißen. Meine Psyche ist auf Abwehr konditioniert, um nicht verletzt zu werden.

Die Hunters haben 25:20 gewonnen, und das Stadion tobt. Das halbe Team hat sich schon auf dem Spielfeld die Trikots und Protektoren ausgezogen und macht jetzt einen Triumphmarsch zu den Kabinen. Emma zieht mich hinter sich her, um Eric am Ausgang abzufangen.

Jubelrufe und Siegesgeheule dringen unüberhörbar aus den Umkleiden. Mein Bruder verlässt als Erster den Raum.

»Hey Nina, kommst du nachher auch?«, fragt er mich während einer stürmischen Umarmung.

»Wohin?«

»Na, zum Barbecue bei Eric.« Mein Bruder guckt verwirrt zwischen Emma und mir hin und her.

»Ich weiß nichts davon. Ist wahrscheinlich nur fürs Team.« Auch wenn ich etwas geknickt bin, versuche ich, es mir nicht anmerken zu lassen.

Thorsten zuckt ratlos mit den Schultern und lässt mich dann wieder mit Emma allein.

»Eric hat ihnen nichts gesagt?«, fragt sie mich verwirrt.

»Von dem Barbecue? Nein, davon weiß ich nichts. Ist sicher eine kleine Siegesfeier fürs Team.«

»Nina, Eric hat heute Geburtstag. Er wird 29. Es ist seine Feier.«

Bevor ich etwas sagen kann, kommt er auch schon aus der Umkleide. Seine Mutter geht auf ihn zu und zwingt ihn, stehen zu bleiben. Die beiden diskutieren heftig, doch ich kann nicht verstehen, was sie reden. Erics Blick wandert immer wieder zu mir, während er mit seiner Mutter spricht. Ehrlich gesagt würde ich jetzt lieber nach Hause fahren und nicht mit ihm reden, also drehe ich mich um und mache mich auf den Weg zum Parkplatz.

»Nina, wait!« Eric joggt hinter mir her und legt mir eine Hand auf die Schulter, als er mich eingeholt hat.

»Hör zu, Eric. Es ist okay. Du musst dich nicht rechtfertigen. Ich wünsche dir eine schöne Feier. Herzlichen Glückwunsch zum Geburtstag, übrigens.«

Ich wende mich wieder von ihm ab und gehe weiter zu meinem Auto, doch Eric holt mich sofort ein und hält mich jetzt energischer am Oberarm fest.

»Don't do this, darlin'. Ich wollte dich gleich nach dem Spiel fragen, doch dein Bruder ist mir unbewusst in die Parade gefahren. Ohne dich habe ich gar keine Lust auf diese Feier. Ich habe es dir nur nicht vorher gesagt, weil ich nicht wollte, dass du dich dazu verpflichtet fühlst, mir ein Geschenk zu kaufen.«

Ich drehe mich zu ihm um und sehe seinen flehenden Blick.

»Ehrlich?«, frage ich.

»Absolutely. I don't give a fuck about half of these guys, but I'd like to have you there, Nina. Please!«

Ich habe offenbar vollkommen überreagiert, also lege ich meine Arme um seinen Hals. »Alles Liebe zum Geburtstag, Eric. Wir sehen uns nachher?«, frage ich verlegen.

Eric seufzt erleichtert und drückt mich fest an sich.

»Das hoffe ich sehr. Lucy freut sich auch schon auf dich.«

»Warum war sie eigentlich nicht mit im Stadion?«

»Weil sie Angst vor der Lautstärke hat. Meine Eltern wechseln sich bei den Spielen immer ab. Jetzt ist sie bei meinem Vater und bereitet die Party vor. Gelegentlich kommt sie mit zum Training, aber bei den Spielen ist sie noch überfordert.«

»Verständlich«, antworte ich und löse mich aus seiner Umarmung. Ich picke ihm mit meinem Zeigefinger in den Brustkorb und sehe ihn streng an. »Nur, dass du es weißt, Mister. Ich bin stinksauer, dass du mir nicht gesagt hast, dass heute dein Geburtstag ist. Ich hätte dir gerne etwas geschenkt.«

Nun passiert etwas, was ich niemals zu sehen geglaubt hätte. Er errötet. Es ist ihm tatsächlich peinlich.

»Wenn du zu meiner Feier kommst, dann ist das für mich Geschenk genug«, antwortet er schüchtern.

Als ich bei Eric vor dem Haus parke, ist die Party schon in vollem Gange. Die ganze Auffahrt ist mit aufgemotzten amerikanischen Autos zugeparkt, und laute Musik dröhnt aus dem Garten. Ich habe mir zu Hause nur hastig eine Jeans und ein Langarmshirt übergezogen und auf dem Weg noch ein kleines Geschenk für Eric besorgt. Es ist zwar ein milder Oktoberanfang, doch die Abende werden schon sehr kalt und ich hoffe, dass ich warm genug angezogen bin.

Die Haustür steht weit offen. Ich versuche, klopfend auf mich aufmerksam zu machen, doch als niemand reagiert, trete ich vorsichtig in den Flur. Aus der Küche höre ich Stimmen, also schaue ich um die Ecke. Lucy sitzt am Küchentisch und kaut auf einer Möhre. Emma steht vor der Arbeitsplatte und bereitet gerade Salate vor.

»Hallo!«, sage ich leise.

»Miss Nina.« Lucy springt von ihrem Stuhl auf und umarmt meine Beine, ohne ihre Möhre loszulassen. Emma dreht sich zu mir um und sieht verwundert zu Lucy. Ich kann über ihr Verhalten auch nur mit den Schultern zucken. Nachdem Lucy wieder von mir abgelassen hat, wischt Emma sich die Finger ab und begrüßt mich auch mit einer Umarmung.

»Good to see you again«, sagt sie und meint es offenbar auch so.

»Kann ich helfen?«, frage ich, als sie sich wieder dem Salat zuwendet.

»No. You come with me«, erklingt eine warme Stimme hinter mir. Eric greift meine Hand und zieht mich aus dem Raum. Er schleift mich hinter sich die Treppe hoch und schiebt mich ohne Umschweife in sein Schlafzimmer.

»Auch wenn du heute Geburtstag hast, ich werde jetzt keinen Sex mit dir haben.«

Eric lacht hinter mir und drückt mich dann auf sein Bett.

»Das wäre zwar traumhaft, aber deswegen habe ich dich nicht hier rein gebracht. Ich wollte dir etwas erzählen, bevor es wieder jemand anderes tut.«

Er setzt sich neben mich auf die Bettkante und nimmt meine Hand. Neugierig sehe ich mich in dem Raum um und muss feststellen, dass er in den gleichen warmen Farben wie sein Arbeitszimmer eingerichtet ist. Wir sitzen auf schwarzer Baumwollbettwäsche und ich frage mich für einen Moment, ob man darauf schnell Flecken sieht.

»Nina?«

Erschrocken sehe ich zu Eric. Ich fühle mich ertappt und befürchte, er sieht es mir im Gesicht an.

»Ja, was wolltest du mir sagen?«, lenke ich von meinem Sekundentagtraum ab.

»Meine Schwieger... also, Jasmins Eltern haben heute Morgen angerufen, um mir zum Geburtstag zu gratulieren. Sie haben Lucy und mich nach Austin eingeladen. Wir fliegen in drei Wochen. Für 3 Wochen.«

»Hey, das ist doch toll!« Ich freue mich ehrlich für ihn. Für Lucy ist es doch wichtig, den Kontakt zu ihren anderen Großeltern aufrechtzuerhalten.

»Ich freue mich auch. Es ist gut, endlich noch mal ein paar alte Freunde wiederzusehen. Und natürlich Jasmins Eltern. Es ist nur ...«

»Was denn?«, frage ich, als er nicht weiterspricht.

»I will miss you«, antwortet er leise. »Will you miss me?«

Was soll ich ihm denn darauf antworten? Selbstverständlich werde ich ihn vermissen, aber kann ich ihm so viel eingestehen? Er sieht mich abwartend und schon fast bittend an.

»Eric, ich weiß nicht, was ich sagen soll.«

»Don't say a word if you can't. Just be there when we come back.«

»Ich werde da sein. Wo soll ich denn auch hin?«

»You know what I mean.«

»Ja, das weiß ich.«

Eric führt meine Hand an seinen Mund und drückt mir einen Kuss auf die Handfläche.

»Ich habe übrigens noch ein Geschenk für dich. Ob es dir gefällt oder nicht.« Ich ziehe den leicht zerknitterten Umschlag mit der Geburtstagskarte aus meiner hinteren Hosentasche. Als Eric mich die Treppe hochgezogen hat, habe ich ihn hastig da reingestopft.

»Du solltest mir doch nichts schenken«, wehrt er gleich ab.

»Es ist nur eine Kleinigkeit, und ehrlich gesagt bin ich immer noch sauer, dass du mir nichts von deinem Geburtstag erzählt hast. Ich hätte gerne mehr Zeit gehabt, mir etwas zu überlegen.«

Er öffnet zaghaft den Umschlag und zieht eine selbst gebastelte Karte heraus. Ich wusste nicht, was ich schreiben sollte, also habe ich nur ›*Happy Birthday! Nina*‹ reingeschrieben. Eric begutachtet die darin liegenden Eintrittskarten fürs Planetarium.

»Du kannst mit Lucy gehen, wenn du möchtest«, erkläre ich verlegen.

»Ich möchte aber mit dir gehen, Nina. Danke. That's really cool. Also haben wir ein Date«, sagt er und grinst mich an.

»Haben wir wohl, ja. Und was deine Reise angeht – du hast doch einen Laptop, oder nicht?« Eric nickt mir eifrig zu.

»Wenn du es mitnimmst, dann können wir uns mailen oder über Skype sprechen.«

»Du bist die Beste. Es ist so schön, dass du hier bist, auch wenn ich mich wieder wie ein Vollidiot benommen habe.«

Ja, mein Lieber, das hast du. Als Antwort lächle ich ihn an, damit er spürt, dass ihm vergeben ist.

»Jetzt sollten wir aber zu deinen Gästen gehen«, sage ich.

Zu Erics großem Erstaunen ziehe ich wie selbstverständlich seine Nachttischschublade auf und finde dort wie erwartet meinen Slip. Zusammengeknüllt stecke ich ihn in meine Hosentasche und will gerade die Schlafzimmertüre öffnen, als Eric mich um die Taille fasst und wieder zurück aufs Bett wirft. Er setzt sich auf meine Oberschenkel und sieht mich auffordernd an.

»Was glaubst du, wo du damit hingehst?«, fragt er.

»Nach Hause. Das ist meiner.«

Eric will gerade in meine Hosentasche greifen, doch ich komme ihm zuvor und schiebe mir diesen Slip in den Slip, den ich am Körper trage.

»Darlin', glaubst du ernsthaft, irgendetwas würde mich davon abhalten, in dein Höschen zu fassen?«, fragt er mit einem hämischen Grinsen.

»Ja, das glaube ich. Zum Beispiel die Tatsache, dass du irgendwann noch einmal mit meiner Zustimmung darein möchtest.«

Schmollend steigt Eric von mir runter und lässt mich aufstehen. Als ich vor ihm stehe, packt er meine Hüften, hebt mein Shirt ein Stück hoch und küsst ganz sanft meine Blinddarmnarbe. Dann entlässt er mich wieder aus seinem Griff und schiebt mich Richtung Tür.

»Kommst du nicht mit?«, frage ich, noch leicht benebelt von seiner überraschend zärtlichen Berührung.

»Give me a second«, sagt er, mit einem Blick auf die Beule in seinem Schritt.

»Oh. Okay. Ähm ...« Diese kleine Geste reicht ihm schon, um hart zu werden?

Bevor ich mich um Kopf und Kragen rede, gehe ich aus dem Raum und mache mich mit einem dämlichen Grinsen im Gesicht auf den Weg nach unten. Wer mich jetzt bewusst ansieht, wird denken, wir hätten gerade eine Nummer geschoben.

Im Garten ist schon beinahe die ganze Mannschaft versammelt und schart sich um ein Lagerfeuer. Ein paar Cheerleader sind auch da, doch sie sind die Freundinnen von Spielern und vermutlich nur deswegen hier. Es sind zum Glück die Mädels, die nicht vollkommen blond in der Birne sind und mit denen man sich auch mal unterhalten kann. Ich finde meinen Bruder und an seiner Seite einen schüchtern lächelnden David. Auch Thorsten wirkt etwas nervös, doch er hat es getan und ich bin stolz auf ihn. Endlich steht er wirklich zu seiner Liebe. Auch wenn die beiden vermutlich niemals in der Öffentlichkeit Händchen halten, geschweige denn küssen werden. Aber das ist ja auch eine Frage des Charakters und nicht zwangsläufig der sexuellen Orientierung.

Ich geselle mich zu den beiden und hake mich bei David ein. Der knutscht mich auf die Stirn und zwinkert mir mit einer nicht zu übersehenden Spur von Stolz zu.

»Ich freue mich für dich«, flüstere ich ihm ins Ohr, damit Thorsten es nicht hört. Er nickt mir dankbar zu.

Ein paar Meter entfernt sehe ich einen Mann am Grill stehen, der eine gut 25 Jahre ältere Ausgabe von Eric ist und somit mehr als offensichtlich sein Vater.

Eric selbst kommt gerade mit Lucy auf den Schultern durch die Terrassentür und schenkt mir ein ehrliches Lächeln. Er deutet mir mit einem Kopfnicken, mit ihm zu seinem Vater zu gehen. Ich löse mich von David und gehe zu ihm. Lucy zappelt unruhig, also lässt er sie wieder runter und kommt mir entgegen.

»Ich möchte dir meinen Dad vorstellen«, flüstert er mir zu und legt mir einen Arm um die Schultern. Er geht mit mir zu seinem Vater und lässt mich für keine Sekunde los. Für Außenstehende können wir eigentlich nur wie ein Paar wirken.

»Dad?«, macht er seinen Vater auf uns aufmerksam. Der sieht fragend auf und scheint sehr überrascht über unser Auftreten. »Ich möchte dir Nina vorstellen. Nina, das ist mein Vater.«

Der streckt mir seine Hand entgegen und wir schütteln uns förmlich die Hände.

»Hey Nina. I'm Andrew. Finally we get to know us. Pleased to meet you.«

Er mustert mich von oben bis unten und wirft Eric dann einen vielsagenden Blick zu. So wie seine Familienmitglieder reagieren, scheint Eric viel über mich zu reden.

Nachdem die beiden Männer eine Weile übers Grillen gefachsimpelt haben, schickt Andrew uns wieder zu der Gruppe, die sich ums Lagerfeuer versammelt hat. Einige Leute haben sich auf dem Rasen niedergelassen. Eric geht in die Garage um ein paar Klappstühle zu besorgen, da es später auf dem Boden zu kalt werden wird. Als er außer Sichtweite ist, setzt sich Stefan neben mich. Stefan ist auch im Team und versucht, bei jeder sich bietenden Gelegenheit, bei mir zu landen. Er ist 32 und wohnt noch bei seiner Mutti im Kinderzimmer. Mehr muss man eigentlich nicht sagen, um ihn zu beschreiben.

»Hallo Rotschopf«, setzt er mal wieder einen peinlichen Flirtversuch an.

»Stefan«, registriere ich seine Anwesenheit mit einem genervten Stöhnen. Er setzt seine Bierflasche an und trinkt sie in einem Zug zur Hälfte aus, um dann mit halb geschlossenem Mund aufzustoßen. Nicht, dass mir die körperlichen Reaktionen auf solche Dinge nicht bekannt sind und mir auch bewusst ist, dass es normal ist, aber das perfektioniert das abstoßende Bild von ihm nur noch weiter. Fremdschämen ist der treffende Begriff, um diesen Mann zu beschreiben.

Unbemerkt hat sich Eric angeschlichen. »I don't like that«, flüstert er mir ins Ohr.

»Ich auch nicht, das kannst du mir glauben«, wispere ich in seine Richtung, obwohl es mich eigentlich nicht interessiert, ob Stefan das mitbekommt.

Eric setzt sich auf meine freie Seite und drückt mir ein Glas mit Weißweinschorle in die Hand.

»For you, darlin'«, sagt er demonstrativ laut.

»Das ist lieb, aber ich muss doch noch fahren.«

»Ich dachte, du bleibst heute Nacht«, sagt er mehr zu Stefan als zu mir. Das reicht, um meinen Verehrer zu entfernen. Der nimmt seine Bierflasche und zieht endlich ab.

»Du hast mich gerettet«, sage ich mit einem erleichterten Stoßseufzer.

Eric grinst. »Du bleibst nicht heute Nacht?«, fragt er frech.

»Eric!«, sage ich streng.

Er beugt sich zu mir und flüstert an meinem Hals: »I'll regain your confidence. I swear. Jetzt muss ich mein Baby füttern, damit Granny sie ins Bett bringen kann.«

Zwei Stunden später sitzen wir gut gesättigt in kleiner Runde ums Lagerfeuer. Ein Teil der Gäste hat sich schon verabschiedet. Eric hat uns beide in eine Decke gehüllt und wir teilen uns einen heißen Tee.

»Du kannst ruhig Bier oder so was trinken, weißt du? Nur weil ich noch fahren und morgen arbeiten muss, musst du nicht verzichten«, sage ich mit einem Blick auf unsere Tasse.

»I wanna enjoy the time with you sober. Außerdem bin ich kein großer Trinker und muss morgen auch früh aufstehen. Lucy ist es furchtbar egal, ob ich einen Kater habe, und will trotzdem in den Kindergarten.«

Ich muss wieder an den Tag denken, als ich ihn betrunken auf seinem Sofa gefunden habe. Das ist anscheinend kein typisches Verhalten für ihn. Wenn ich eins über Eric gelernt habe, dann ist es die Tatsache, dass er wirklich mit Leib und Seele für Lucy da ist. Er hat zwar seine Eltern und Schwester zur Verfügung, doch er würde das nie ausnutzen, nur um sich sein Leben zu vereinfachen. Ich lehne meinen Kopf an seine Schulter, und er zieht mich fester an sich.

»Eric, ich muss wirklich gleich nach Hause«, sage ich mit einem Seufzer.

»I know. Aber wir haben ein Date fürs Planetarium. Nächsten Samstag? Hast du Zeit? Ich möchte dich anschließend zum Abendessen einladen.«

»Ich habe Zeit und wir können auch gerne essen gehen, aber du musst mich wirklich nicht einladen. Das würde ja dann irgendwie schon fast dein Geschenk aufheben.«

Eric dreht seinen Kopf zur Seite und drückt mir einen Kuss auf die Haare. »My ass. Du, hier mit mir, unter einer Decke, am Lagerfeuer. Besser könnte mein Geburtstag nicht sein, und das ist das größte Geschenk für mich. Außerdem kommt es überhaupt nicht infrage, dass du dein Essen selbst bezahlst, wenn du mit mir weggehst. Tut mir leid, da bin ich altmodisch.«

Er drückt mein Gesicht am Kinn nach oben, und wir sehen uns in die Augen. Sein Blick entzieht mir jeglichen Diskussionswillen. Er ist mir so nah, ich kann seinen süßen Atem auf meinen Lippen schmecken. Eric legt seine warme Hand auf meine Wange und es bedarf nur noch weniger Millimeter, bis sich unsere Münder finden würden.

»Was ist mit dem Laternenumzug an St. Martin? Seid ihr dann noch da?«, frage ich und zerstöre damit erfolgreich jegliche Stimmung zwischen uns. Eric schließt die Augen und lehnt seine Stirn an meine. Die Enttäuschung ist ihm deutlich anzumerken.

»Ja, sind wir. Wir fliegen am nächsten Morgen. Ich wollte Lucy diese Erfahrung nicht nehmen. Sie freut sich so darauf«, antwortet er, nachdem er sich halbwegs wieder gefangen hat.

»Bringst du mich zum Auto?«, frage ich.

»Sure.«

Unter dem wachsamen Blick meines Bruders, der uns schon den ganzen Abend beobachtet, gehen wir ums Haus zu meinem Wagen. Ich schließe die Autotür auf und drehe mich dann zu Eric, um mich von ihm zu verabschieden.

»Komm her.« Als wir fast Nase an Nase stehen, nehme ich sein Gesicht in meine Hände und drücke ihm einen leichten Kuss auf die Lippen. Eric erwidert meinen Kuss für einen kurzen Moment und löst sich dann gleich wieder von mir. Er scheint zu spüren, dass ich für mehr noch nicht bereit bin.

»Ich werde dich vermissen, wenn du in Texas bist«, sage ich und steige dann in mein Auto.

Eric bleibt in der Auffahrt stehen und sieht mir hinterher. Es kostet mich eine riesige Portion Selbstbeherrschung, nicht umzudrehen und in seinen Armen die Nacht zu verbringen.

14.

Eric trifft mich am frühen Samstagnachmittag vor dem Planetarium. Er joggt mir entgegen und sieht gestresst aus. Mal wieder bleibt er unsicher vor mir stehen und scheint nicht zu wissen, was er mit seinen Händen machen soll. Also steckt er sie in seine Jackentaschen.

»Was ist los?«, frage ich.

»Lucy. Sie wollte wissen, wo ich hingehe. Mit wem. Warum. Dann wollte sie unbedingt ein Sommerkleid anziehen, obwohl es dafür wirklich schon zu kalt ist.«

»Das meinte ich nicht«, unterbreche ich seinen Redefluss.

»Was dann?« Irritiert sieht er mich an.

»Warum bekomme ich keine Umarmung?«

Eric strahlt mich an und zieht mich gleich in seine Arme. Ich vergrabe meine Nase in seinem Parka und sauge seinen Duft ein.

»I never know what to do, Nina.«

»Warum?«, frage ich verwundert.

»Weil ich nicht weiß, wann es okay ist, dich anzufassen.«

Mir war nicht bewusst, dass ich so gemischte Signale sende.

»Das hier ist immer okay«, antworte ich und schmiege mich noch fester an ihn. Obwohl ihm das in seiner Verunsicherung vermutlich auch nicht wirklich weiterhilft. Er tritt einen halben Schritt zurück, wobei er mich noch fest in seinen Armen hat. Ich sehe zu ihm auf und werde von einem frechen Grinsen begrüßt. Eric beugt sich zu mir herunter und drückt mir einen Kuss auf die Stirn. »Ist das okay?«, fragt er.

Ich kann nur nicken. Dann küsst er mich auf die Wange.

»Ist das okay?«, versichert er sich. Wieder nicke ich nur.

»What about that?«, fragt er, bevor er seine Lippen auf meine drückt. Er saugt sanft an meiner Unterlippe, und doch ist dieser Kuss unschuldig. Ich denke, meine Reaktion ist Antwort genug, da meine Augen immer noch geschlossen sind, obwohl er sich schon längst von meinem Mund gelöst hat. Nur ein kleiner Kuss von diesem Mann reicht, um mir die Knie weich werden zu lassen.

»Show me the stars«, sagt Eric enthusiastisch. Er nimmt meine Hand und zieht mich zum Eingang. Schnell finden wir gute Plätze und machen es uns in den Liegesesseln gemütlich. Eric nimmt wieder meine Hand und legt sie mit seinen Fingern verschränkt in seinen Schoß. Die umliegenden Sessel füllen sich rasch mit anderen Besuchern, doch die Sitze neben uns bleiben frei. Das Licht wird weiter gedimmt und er rückt immer näher an mich heran. Leider sind die Plätze durch eine breite Lehne getrennt, aber unsere Köpfe berühren sich fast.

»You and me in the darkness. I like that, pretty girl«, wispert er in mein Ohr, Sekunden, bevor die Vorstellung losgeht. Die Projektion über uns beginnt, doch ich kann mich nur auf seinen warmen Atem an meiner Wange konzentrieren. Eric sieht eine ganze Weile konzentriert zu, und ich beobachte ihn schamlos von der Seite. Seine ausgeprägten Wangenknochen und die eisblauen Augen könnten ihm einen kalten Ausdruck verleihen, doch seine vollen Lippen und die trotz ihrer Farbe warmherzigen Augen gleichen das wieder aus. Ich fühle mich ertappt, als er seinen Kopf zu mir dreht und mich anschaut.

»I lied«, flüstert er ganz nah an meinem Gesicht. Mit einem Stirnrunzeln erwarte ich seine Erklärung.

»I lied, because I said you were pretty. You're much more than that. You are beautiful.«

Er streicht mir mit dem Handrücken sanft über die Wange und widmet sich dann wieder der Vorstellung über unseren Köpfen.

Da es noch ein früher Samstagabend ist, finden wir problemlos einen Tisch in der Studentenkneipe, in der ich mich auch oft mit Jule treffe. Studentenkneipe ist eigentlich der falsche Begriff, da es sich um ein türkisches Lokal mit Barbetrieb handelt, welches aber überwiegend von Studenten belagert wird. Ich liebe es hier, weil es so unverkrampft ist. Hier guckt niemand dumm, wenn man sich etwas entspannter in den herumstehenden Sesseln lümmelt. Die Katze des Besitzers streicht einem gelegentlich um die Beine, wenn der Laden nicht zu voll und laut ist.

Eric und ich haben uns auf einem der großen Sofas breitgemacht und trinken Tee.

»Are you hungry?«, fragt er und legt einen Arm um meine Schultern.

»Total. Aber ich wollte erst ein wenig runterkommen. Das Planetarium war echt interessant, oder?«

»It was. I swear, sometimes it's good to get away from everyday business. Lucy can be a handful.«

»So schlimm?« frage ich.

»Ich will dich damit nicht nerven«, winkt er ab.

»Eric, ich bitte dich. Lucy ist ein Teil von dir - ein sehr großer sogar. Wie kann mich das nerven?«

Eric seufzt und nippt an seinem Tee.

»Ihr ist heute bewusst geworden, dass hier kein Halloween gefeiert wird, und sie ist völlig ausgeflippt. Die komplette Nummer, mit auf den Boden werfen und nach mir treten. Sie hat gebrüllt, bis sie nur noch würgen konnte. Ich dachte eigentlich, wir hätten das Trotzalter hinter uns, aber das war vom Feinsten. Ich verstehe, dass sie traurig ist, aber ich kann es doch nicht ändern. Dafür hat sie hier den St. Martin, worauf sie sich auch echt freut.«

»Du weißt, dass die Kinder hier nach dem Laternenumzug auch von Haus zu Haus ziehen, oder? Sie singen Lieder und bekommen Süßigkeiten. Es ist zwar kein *Trick or Treat*, aber hierzu nehmen sie ihre Laternen mit und können damit noch ein bisschen angeben.«

Eric sieht mich erstaunt an. Er scheint doch recht ahnungslos, was diese Traditionen angeht.

»Nein, das wusste ich nicht. Weiß Lucy das denn? Wird so etwas im Kindergarten besprochen?«

»Ich glaube nicht. Wir sprechen mit den Kindern eigentlich nur über den Laternenumzug, das Martinsfeuer und die Geschichte dahinter. Ich bin mir auch unsicher, ob Lucy schon alles versteht, was erzählt wird. Deine Mutter hat doch bestimmt guten Kontakt zu euren Nachbarn. Bitte sie doch, sich umzuhören, ob Lucy dort singen gehen kann. Vielleicht findet sie aus der Nachbarschaft noch Kinder, denen sie sich anschließen kann.«

»Das ist eine geniale Idee. Ich werde das gleich morgen früh klären. Noch mal wegen Lucy. Hast du den Eindruck, dass sie noch große Verständigungsprobleme hat?«

»Da musst du mit ihren Erzieherinnen drüber sprechen. Ich bekomme Lucy nicht oft zu Gesicht, aber ich glaube, sie schlägt sich sehr gut durch. Dennoch ist es nicht einfach für sie. Und wenn du meine Meinung als Erzieherin hören willst, dann denke ich, dass sich solche Anfälle wie heute darauf zurückführen lassen. Sie hat in dem Moment ein Ventil gefunden, um ihren Frust rauszulassen. Es ist hart für sie, aber es wird besser werden.«

Eric lacht. »Darlin', ich versuche regelmäßig, mich mit ihrer Erzieherin auszutauschen, aber die bekommt immer nur einen glasigen Blick, wenn sie mich sieht und versichert mir, dass alles gut ist.«

Das Gerede über *Lucys hot daddy* ist mir natürlich auch schon zu Ohren gekommen, dennoch hätte ich meiner Kollegin etwas mehr Professionalität zugetraut.

»Was soll ich sagen? Geht mir genauso.« Ich stupse ihn mit der Schulter an und grinse. »Nein, mal im Ernst. Mach ruhig Druck, wenn du mehr Infos willst. Ich kann mich gerne auch mal unauffällig umhören. Das heißt, wenn dir das Recht ist.«

»Es ist mir Recht, Nina. Und selbstverständlich möchte ich auch deine Meinung wissen, selbst wenn du nicht Erzieherin wärst. Es ist ganz gut, sich mal mit einer Frau auszutauschen, mit der ich nicht verwandt bin.«

»Ja, aber ich bin auch keine Mutter. Deswegen kann ich dir da keine Erfahrung weitergeben«, antworte ich leise. Leider werde ich auch niemals eine sein. »Eric, kann ich dich mal was fragen?«, fahre ich fort.

»Du kannst mich alles fragen.«

»Jetzt mal rein hypothetisch, falls es mit uns etwas werden sollte. Dauerhaft. Mit Zukunft und so. Willst du noch mehr Kinder?«, stammle ich.

Eric denkt eine Weile über meine Frage nach, bevor er antwortet. »Ich weiß, worauf du hinaus willst. Mir ist vollkommen bewusst, was eine ernsthafte Beziehung mit dir bedeutet. Nina, eins muss dir klar sein, in erster Linie will ich dich und bin bereit, dafür einige Begleitumstände in Kauf zu nehmen. Genauso wie du bereit wärst, rein hypothetisch natürlich, Lucy zu akzeptieren. Auch auf die Gefahr hin, dass ich wie ein Arschloch klinge, aber für mich ist es ein sehr entspannter Zustand, dass du nicht schwanger werden kannst. Bitte glaube nicht, dass ich dich speziell deswegen will. Ich würde dich auch wollen, wenn du noch Kinder bekommen könntest, aber ich könnte das nicht noch mal durchmachen. Wenn du Kinder willst, meinetwegen können wir einen ganzen Stall voll adoptieren. Es gibt immer einen Weg, aber dich gibt es nur einmal.«

Mit dieser Ansprache hat er gerade heftig an meinen selbst erbauten Mauern gerüttelt und dafür gesorgt, dass sie verdammt instabil geworden sind.

»Mein Ex hat mich deswegen verlassen und mich vorher noch mit einer seiner Arbeitskolleginnen betrogen. Sie ist jetzt schwanger von ihm.«

»Asshole«, ist alles, was Eric an meinem Kopf murmelt.

Nach einem üppigen Essen und einem geteilten Dessert bringt Eric mich nach Hause. Er bleibt wieder unsicher vor meiner Haustür stehen und weiß anscheinend nicht, wohin mit seinen Händen.

»Willst du noch mit hochkommen?«, frage ich.

»Are you sure?«

»Solange du deine und meine Hose anlässt, sehe ich kein Problem«, sage ich mit einem Grinsen und schließe die Haustür auf.

»Das wird schwierig, aber ich werde mir Mühe geben.«

Ich nehme Erics Hand und ziehe ihn die Treppen hoch. Auf halbem Weg kommt uns Thorsten entgegen. Die beiden Männer begrüßen sich knapp, aber höflich. Mein Bruder war zwar auf Erics Geburtstag, doch nur, weil das restliche Team auch da war und er nicht noch mehr schlechte Stimmung verbreiten wollte. Als Thorsten an uns vorbeigegangen ist, werfe ich ihm über meine Schulter einen bösen Blick zu, aber der trifft nur seinen Hinterkopf.

»Willst du noch einen Kaffee?«, frage ich, als wir uns in der Küche gegenüberstehen. Eric lehnt am Türrahmen und hat die Hände hinter dem Rücken verschränkt. Er schüttelt nur verneinend mit dem Kopf.

»I want a kiss«, sagt er stattdessen. Provozierend sieht er mich an und wartet auf eine Reaktion.

»Dann hol ihn dir«, versuche ich, ihn zu locken.

»No. I want you to give it to me.«

Ich gehe die wenigen Schritte zu ihm und lege meine Arme um seine Taille. Er sieht zu mir herab und wartet auf mich. Vorsichtig streife ich mit meinen Lippen über seine und sehe dabei zu, wie er genüsslich die Augen schließt, bevor auch ich mich der Sensation seines Mundes hingebe.

Eric fährt nur kurz mit seiner Zunge über meine Oberlippe und löst sich dann von mir. Er umfasst meine Wangen und drückt mir noch einen Kuss auf die Stirn, bevor er mir einen sprichwörtlichen Eimer kaltes Wasser überkippt.

»Gute Nacht, Nina. Danke für den schönen Abend. Ich sollte jetzt besser gehen.«

Nach einem weiteren freundschaftlichen Kuss auf die Wange verlässt er ohne Kommentar meine Wohnung. Ich bin völlig sprachlos, doch irgendwie habe ich das wohl verdient.

Das war nicht fair!!! Gute Nacht. Nina

Auch meine Beherrschung hat Grenzen.
Naughty dreams, beautiful girl. Eric

15.

Eric mit Lucy zu sehen ist schon so ein Ereignis für sich, aber Eric mit einer Horde Kindergartenkinder zu beobachten, die alle bewundernd zu ihm aufschauen, ist wirklich faszinierend. Er hat sich als Helfer für den Laternenumzug gemeldet und mit einer Seelenruhe Lucy und ihre Gruppe zum großen Martinsfeuer begleitet, damit keiner der kleinen Menschen auf dem nachtschwarzen Feld verloren geht. Die Jungs finden es natürlich cool, dass Eric professioneller Footballspieler ist, und die Mädels finden ihn aus den offensichtlichen Gründen gut. Mir war nicht bewusst, dass das in dem Alter schon eine solche Wirkung hat. Vermutlich wollen seit heute Abend eine Menge kleiner Mädchen nicht mehr später ihren Papa heiraten. Von den Müttern will ich gar nicht erst reden.

Als der Sankt Martin seinen Mantel mit dem Bettler geteilt hat und wieder abgezogen ist, gibt es für die Kinder noch heißen Tee und für die Erwachsenen Glühwein, bevor es nach Hause geht. Ich bin für die Getränkeausgabe eingeteilt und kann von meinem Posten sehr gut beobachten, wie Eric von einer Versammlung alleinerziehender Mütter belagert wird. Die verheirateten Frauen bewundern ihn mehr aus der Ferne, da die meisten auch ihre Ehemänner dabei haben. Jule steht beim Feuer und spricht mit einigen Eltern. Sie blickt zu Eric und den, wie wir sie heimlich nennen, Desperate Housewives. Es sind natürlich nicht alle alleinerziehenden Mütter so, nur hat sich hier eine bestimmte Gruppe formiert, die auf ziemlich alles springt, was männlich und Single ist. Die dabei entstehenden Konkurrenzkämpfe sind oftmals schon filmreif.

Mit rollenden Augen macht Jule mir deutlich, was sie davon hält. Ich versuche wirklich, mich zusammenzureißen, dennoch kann ich es nicht verhindern, dass sich ein Anflug von Eifersucht in meinem Brustkorb breitmacht. Eric ist höflich, aber distanziert. Eigentlich habe ich kein Recht, eifersüchtig zu sein und irgendwelche Ansprüche anzumelden. Solange ich nicht in der Lage bin, ihm einmal eine klare Ansage zu machen, ist er ein freier Mann.

Auch wenn ich versuche, nicht zu starren, beobachte ich, wie Eric sich aus der Gruppe löst und mit Lucy zu mir kommt. Über ihren Kopf hinweg wirft auch er mir ein Augenrollen zu und macht damit klar, dass er genervt von den offensichtlichen Annäherungsversuchen ist.

»Möchtest du einen Tee?«, wende ich mich an Lucy, als die beiden vor meiner provisorischen Theke stehen.

»No, ich bin gut, Nina. Thank you.« Eric lächelt auf sie herab und schickt sie dann zu einer Gruppe Mädchen, mit denen sie sich angefreundet hat.

»Geht es dir gut?«, fragt er, als Lucy außer Hörweite ist.

»Ja, warum fragst du? Möchtest du Glühwein?«

»Nein, danke. Ich muss morgen früh raus und außerdem gleich noch fahren. Ist wirklich alles ok?«

»Ja, natürlich«, antworte ich und wische den Tisch vor mir ab.

Eric fährt sich unsicher durch die Haare und seufzt. Er sieht sich um, ob irgendwer in unserer Nähe steht, und beugt sich dann zu mir.

»Darlin', ich möchte dich jetzt so gerne in den Arm nehmen. Aber es ist wohl besser, wenn ich es mir hier verkneife, oder?«

Ich nicke und beiße mir auf die Zunge, um mich von der drohenden Tränenflut abzulenken.

»What's wrong, Nina?« Er funkelt mich aus seinen eisblauen Augen an.

»Nichts. Wirklich. Nur die notgeilen Weiber da drüben, und dass du morgen für drei Wochen weg bist. Aber ich will keine frustrierte Zicke sein.«

Eric stellt sich so vor mich, dass unsere Hände vor ungewollten Blicken geschützt sind, und streicht über meinen Handrücken.

»Nina«, sagt er leise. »Diese Frauen da, ich bin nur nett, weil ihre Töchter Lucys Freundinnen sind. Ich weiß, was sie von mir möchten, aber ich will dich. Und ich werde dich wahnsinnig vermissen, wenn ich weg bin.«

»Ich weiß das, und ich werde dich auch vermissen.«

»Nichts anderes möchte ich von dir hören. Wir werden uns mailen, per Skype telefonieren und wir werden uns ganz bald wiedersehen. Ich würde sehr gerne heute Abend noch einmal vorbeikommen, aber unser Flieger geht morgen früh um acht Uhr, was bedeutet, dass wir spätestens um fünf Uhr aufstehen müssen. Lucy möchte auch gleich noch singen gehen. Kann ich dich wenigstens später noch mal anrufen? Wenn Lucy im Bett ist?«

»Natürlich kannst du mich anrufen.«

Eric hebt meine Hand und drückt mir einen flüchtigen Kuss auf die Handinnenfläche, bevor er sich wieder auf die Suche nach Lucy macht.

Ich könnte heulen, doch der Anblick der tuschelnden Desperate Housewives lässt mich innerlich grinsen.

Ich liege schon im Bett und habe versucht, mich mit einem Buch wachzuhalten, während ich auf Erics Anruf warte. Dennoch hat mich das Klingeln meines Handys aus dem Schlaf gerissen. Ich muss mir erst die Buchseiten vom Gesicht sortieren, bevor ich realisiere, wo ich bin und was da klingelt. Ich fische mein Handy vom Nachttisch und nehme ab.

»Hey«, begrüßt mich Erics warme Stimme kurz vor Mitternacht. Er klingt müde.

»Hey Eric. Hat Lucy noch was abstauben können beim Singen?«, frage ich neugierig.

»Ja, sie war sehr erfolgreich. Ich hoffe, es ist nicht zu spät. Ich musste noch ein bisschen packen für morgen.«

»Ist okay. Ich bin schon im Bett, hab aber noch auf deinen Anruf gewartet.«

»Ich bin auch im Bett. Und ich muss sagen, ich vermisse dein Höschen«, raunt er mir ins Ohr.

»Eric!«, versuche ich einen mahnenden Tonfall, der aber mehr als erregtes Stöhnen rauskommt.

»Ich bin schon brav, aber ich hätte doch gerne etwas mitgenommen, was nach dir riecht. Und wenn es nur ein Schal ist.«

»Das hättest du mir eher sagen müssen, dann hättest du mein Halstuch bekommen. Freust du dich auf Texas?«

»Ja, schon. Aber im Moment mache ich es mehr für Lucy. Sie vermisst Jasmins Eltern. Unser Verhältnis ist etwas eisig seit ihrem Tod. Sie waren nie ein großer Freund von mir, aber ihr Tod und mein Auftritt bei der Beerdigung haben es nur noch schlimmer gemacht. Doch wir haben uns für Lucy auf einen entspannten Waffenstillstand geeinigt.«

»Klingt nicht so gut.«

»Ich komme schon klar. Ein bisschen hoffe ich auch noch mal auf ein klärendes Gespräch, wenn wir da sind.«

»Ich wünsche es dir.«

»Nina?«

»Ja?«

»I have to ask again. Will you be there, when we come back? I need to know ...«

»Ich werde da sein. Versprochen. Rufst du mich an, wenn ihr gelandet seid?«

»I will. Nina, bist du mir böse, wenn ich jetzt auflege? I'm so fucking tired.«

»Nein, bin ich nicht. Geh schlafen.«

»Have a good night, beautiful girl.«

»Gute Nacht, Eric.«

In dieser Nacht komme ich kaum zur Ruhe. Ich schlafe praktisch nur in 10-Minuten-Etappen und schrecke dann wieder, wie aus einem Albtraum, hoch. Um fünf Uhr gebe ich mich geschlagen und stehe auf. Es ist Samstag und ich könnte eigentlich ausschlafen. Eigentlich.

Mit einer Tasse Kaffee kuschle ich mich auf die Couch und suche nach Wiederholungen von Comedysendungen, um mich nicht mit irgendwelchen Verkaufsshows quälen zu müssen. Gerade habe ich eine Folge *Two and a half man* gefunden, als mein Handy auf dem Wohnzimmertisch vibriert. Eine Nachricht von Eric.

Bist du schon wach?

Es ist nicht ganz halb sechs. Eigentlich sollte er doch auf dem Weg zum Flughafen sein.

Schlecht geschlafen. Bin schon wach. Bist du nicht unterwegs?

Statt einer Antwort klingelt und klopft es an meiner Tür. Ein Blick durch den Spion zeigt mir tatsächlich Eric, der von einem Fuß auf den anderen hüpft. Ich öffne die Tür und sehe ihm verwundert entgegen.

»Was machst du …«, setze ich an, doch eine heftige Umarmung von ihm lässt mich verstummen. Erst jetzt wird mir bewusst, dass ich nur in T-Shirt und Slip vor ihm stehe, doch ihn scheint das nicht weiter zu interessieren.

»I needed that«, murmelt er in meine Haare. Er schiebt mich ein Stück von sich und sieht mich entschuldigend an. »I have to go. Lucy is in the car with Kathy. Ich musste dich noch mal sehen. Drei Wochen sind einfach zu lang. Bye, darlin'.«

Er drückt mir einen Kuss auf die Lippen und ist schon zur Tür raus. Fassungslos stehe ich in der offenen Wohnungstür und schaue ihm hinterher. Als er außer Sichtweite ist, schließe ich die Tür und lege mich wieder auf die Couch. Ich ziehe mir eine Decke über und falle in einen tiefen, entspannten Schlaf. Auch ich habe das offenbar gebraucht.

Vier Stunden später werde ich von penetrantem Klingeln geweckt. Ächzend erhebe ich mich und werfe achtlos die Decke beiseite.

»Wer ist da?«, motze ich ungehalten in die Gegensprechanlage.

»Jule. Mit Frühstück.« Meine beste Freundin, wie immer mit bester Laune am Morgen. Ich hätte durchaus noch ein bis zwei Stunden Schlaf vertrage können, doch Frühstück klingt verlockend.

Jule kommt mit einer Bäckertüte und zwei großen Kaffeebechern die Treppe hoch. Ich liebe diese Frau. »Croissants und Milchkaffee?«, frage ich.

Jule nickt und umarmt mich. »Guten Morgen, Süße. Du siehst fertig aus. Schlecht geschlafen oder harten Abschied gehabt?«

»Schlecht geschlafen«, grummle ich. Ich schlurfe in die Küche und greife ein Glas Erdbeermarmelade aus dem Vorratsschrank. Zurück im Wohnzimmer hat Jule sich schon auf meinem Schlafplatz niedergelassen. Sie zappt durch die Kanäle, auf der Suche nach einer guten Frühstücksuntermalung. Ich lasse mich neben sie fallen und werfe uns beiden die Decke über den Schoß.

Jule gibt mir einen Becher Kaffee in die Hand. »Rede!«, fordert sie mich auf.

»Was soll ich sagen, Jule? Er ist weg und ich vermisse ihn jetzt schon. Ist das noch gesund?«

Jule lacht und drückt mich an sich. »Das ist nicht gesund, das nennt sich Liebe.«

»Liebe? Dafür ist es wohl noch wesentlich zu früh. Aber ich mag ihn sehr. Zu sehr vielleicht.«

»Was geht denn jetzt zwischen euch? Seid ihr ein Paar? Habt ihr wieder Sex?«

»Nein, wir haben keinen Sex. Wir umarmen uns, wir küssen uns. Das ist schon alles. Ich habe ihm gesagt, ich brauche noch Zeit. Wegen der ganzen Geschichte, die vorher gelaufen ist.«

»Und er hält tapfer die Füße still? Respekt.«

»Was bleibt ihm auch anderes übrig?« Ich nehme mir ein Croissant und tunke es direkt ins geöffnete Marmeladenglas.

»Sei doch mal ehrlich. Ist es noch leicht, sich zurückzuhalten? Was hält dich denn zurück? Nina, ich bin deine Freundin. Ich weiß, dass dir seine Lügen vom Anfang auch jetzt noch mächtig gegen den Strich gehen, aber das nimmst du ihm doch nicht immer noch so übel, dass du ihn hinhältst.«

»Es ist nicht nur das. Er hat eben auch Lucy, die ich im Hinterkopf habe. Du weißt, dass ich mit der Kleinen kein Problem habe. Ganz im Gegenteil, sie ist echt aus Zucker. Aber mit einem Kind im Hintergrund kann ich mich da nicht Hals über Kopf reinstürzen. Es sind nicht nur zwei, die in dieser Sache verletzt werden, wenn wir als Paar nicht funktionieren. Und ja, es ist verdammt hart, sich zurückzuhalten.«

Jule stellt seufzend ihren Kaffee auf den Tisch und macht sich auch über die Croissants her.

»Vielleicht solltest du diese Verantwortung Eric überlassen«, nuschelt sie zwischen zwei Bissen. »Er ist seit vier Jahren allein, weil er seine Frau verloren hat. Es macht auf mich nicht den Eindruck, als würde er seine Entscheidungen unüberlegt treffen oder sorglos von einer Beziehung zur nächsten hüpfen. Er will dich, Nina. Das kommt ihm aus allen Poren. Er hat nur Augen für dich, wenn du in der Nähe bist. Und ganz ehrlich, wenn ihr beiden nebeneinander steht, ist die sexuelle Spannung für Außenstehende kaum zu ertragen. Vielleicht tut euch die dreiwöchige Trennung auch ganz gut, damit ihr ohne Ablenkung über eure Beziehung nachdenken könnt.«

Jule hat den ganzen Mund voller Krümel und strahlt mich an. »Weise Worte für meine Verhältnisse, nicht?«

»Vor allem mit dem Klecks Marmelade, der dir noch im Mundwinkel klebt.«

Jule versucht den Fleck mit der Zunge zu erwischen und nimmt dann doch lieber ihren Zeigefinger zu Hilfe.

»Was machst du heute noch?«, fragt sie, nachdem sie sich gesäubert hat.

»Ich muss gleich mit Thorsten einen Anzug kaufen gehen«, stöhne ich genervt. »David darf nicht mit. Du weißt ja, die

Braut darf den Bräutigam nicht vor der Hochzeit sehen, oder so ähnlich.«

»Bah, bist du fies. Weiß Thorsten, dass du so über ihn sprichst?«, lacht Jule.

»Du weißt, dass ich das nicht böse meine. Nur geht mir Thorstens Verhalten gegenüber Eric im Moment tierisch gegen den Strich. Er weiß noch nicht mal wirklich, was passiert ist, und will sich eine Meinung erlauben. Wir haben uns eigentlich ausgesprochen, aber er gibt immer noch den Beschützer und sieht ihn von oben herab an.«

»Er wird sich schon wieder beruhigen. Vermutlich merkt er, dass es etwas Ernstes ist, und will dich nur schützen. Du warst so verletzt nach deiner letzten Beziehung, das will er dir einfach nur ersparen.«

»Ich weiß das, nur nervt es deswegen nicht weniger.«

Jule verabschiedet sich gegen Mittag und ich genehmige mir eine ausgiebige Dusche, bevor ich zu Thorsten runtergehe. Meine Finger jucken, Eric eine Nachricht zu schicken. Doch ich weiß, dass es sinnlos ist, weil er vor heute Abend nicht in Austin landen wird. Stattdessen setze ich mich unter den heißen Duschstrahl und stelle mir vor, es wäre Erics warme Umarmung. Leider ist das heiße Wasser kein adäquater Ersatz für seine Wärme. Frustriert wasche ich mir die Haare. Es hat mich derb erwischt und ich weiß nicht, ob ich das gut finde.

Thorsten steht beim Herrenausstatter vor dem Spiegel und begutachtet sich im Smoking. Der steht ihm ausgezeichnet und ich kann mir schon bildlich Davids Gesichtsausdruck vorstellen, wenn die zwei gemeinsam vor den Priester treten.

»Das sieht wirklich gut aus, großer Bruder. David wird seine Finger nicht von dir lassen können.«

Er zwinkert mir über seine Schulter zu. »Das will ich auch hoffen, schließlich ist das hier für immer.«

Thorsten dreht sich, um sich von allen Seiten zu betrachten.

»Du und Eric«, setzt er an. »Das ist ernst, oder?«

»Wir sind noch dabei, das zu verhandeln. Aber ja, ich denke schon.«

Mein Bruder hockt sich vor mich und nimmt meine Hände.

»Nina, du weißt, dass ich mir nur Sorgen mache, oder?«

»Das weiß ich. Aber Eric ist ein Guter. Und du kannst mich nicht vor allem schützen.«

»Das ist mir bewusst, aber es hält mich nicht davon ab, es zu versuchen. Du bist mehr meine Tochter als meine Schwester und Väter tun so etwas mit ihren Töchtern. Ich habe länger für dich die Verantwortung gehabt, als Papa sie je hatte, und ich kann da nicht aus meiner Haut.«

»Ich kann dir kaum für das danken, was du für mich getan hast«, sage ich mit belegter Stimme.

Thorsten streicht mir über die Wange und lächelt mich mit feuchten Augen an. »Es gibt nichts, wofür du dich bedanken musst. Für mich gab es keine andere Option, denn das hätte bedeutet, dass man uns getrennt hätte. Nein, es gab keinen anderen Weg.«

Wir liegen uns heulend in den Armen, bis die Verkäuferin sich hinter uns dezent räuspert. Vermutlich hat sie Angst, dass ich den noch nicht bezahlten Smoking vollheule. So eine Hochzeit ist schon eine emotionale Angelegenheit.

Eric ruft mich am Abend kurz an, um mir mitzuteilen, dass sie gut gelandet sind und Lucy fast den ganzen Flug verschlafen hat. Er klingt allerdings vollkommen übermüdet und verabschiedet sich direkt wieder. Das kann ich ihm aber auch nicht übel nehmen, da die Gebühren selbst für dieses kurze Telefonat erschreckend sein werden. Nach seinem Anruf gehe ich gleich ins Bett und fühle mich irgendwie einsam. Eric ist auf einem anderen Kontinent und das fühlt sich fast so an, als wäre er vollständig verschwunden. Ich umklammere mein Kissen und rede mir ein, ihn immer noch daran riechen zu können.

Die nächsten Abende (in Texas Mittag) verbringen wir damit, eine stabile Videoverbindung aufzubauen, was jedoch erfolglos bleibt. Also begnügen wir uns mit Nachrichten per Mail oder Skype. Eric schickt mir Fotos von einem Baseballspiel mit seinen Freunden. Er sieht gelöst aus und scheint Spaß zu haben. Lucy verbringt die meiste Zeit allein mit ihren Großeltern. Es ist albern, aber ich fühle mich so ausgeschlossen, da es ein Teil von Erics Welt ist, der mir vollkommen fremd ist.

Fünf Tage nach seiner Abreise spüre ich die ersten Anzeichen einer Grippe und beschließe, früh ins Bett zu gehen. Eric kann ich bis dahin nicht online erwischen, also schicke ich ihm eine Mail als Erklärung und lege mich, nach einer ordentlichen Portion Vitamin C und Aspirin, ins Bett.

Am nächsten Morgen geht es mir nicht besser, daher melde ich mich im Kindergarten krank und verziehe mich mit einem heißen Tee auf die Couch. Ich fahre meinen Laptop hoch und hoffe auf eine Antwort von Eric. Vergeblich. Frustriert schalte ich den Fernseher ein und verfolge die Nachrichten. Die letzte Meldung an diesem Morgen kommt mir vor wie ein schlechter Albtraum, doch leider wache ich nicht daraus auf.

Heute Nacht fegte ein schwerer Tornado über Texas. Am schlimmsten betroffen sind die Städte Dallas und Austin. Hunderte Häuser sind eingestürzt oder schwer beschädigt. Es wird mit Hunderten Verletzten und Toten gerechnet. Die Stromversorgung der betroffenen Städte ist bis jetzt noch nicht vollständig wieder hergestellt. Verantwortlich für den Tornado ist vermutlich das für November extrem milde Wetter in Texas.

16.

Hektisch schreite ich vor dem Fernseher auf und ab und versuche immer wieder, Erics Handy zu erreichen. Als die Bandansage mir zum zwanzigsten Mal verkündet, dass der gewünschte Gesprächsteilnehmer zurzeit nicht erreichbar ist, bin ich kurz davor, mein Telefon mit Wucht in die Ecke zu feuern. Mein Schädel pocht von dieser verfluchten Erkältung, aber auch weil meine Gedanken unkontrollierbar durch mein Hirn rasen. Das darf einfach nicht passieren, das muss ein furchtbarer Albtraum sein. Wir haben doch alle schon genug verloren, das darf nicht wahr sein.

Ich weiß nicht, was ich tun soll. Mir fehlt ansonsten jeglicher Zugriff zu ihm. Ich kann noch nicht mal die Telefonnummer seiner Eltern herausbekommen, da es sich offensichtlich um eine Geheimnummer handelt.

Es bleibt mir keine andere Wahl. Ich ziehe mir rasch einen Kapuzenpullover und eine Jeans über und schlüpfe an der Haustür in meine Schuhe. Fast schon hysterisch suche ich meinen Autoschlüssel, den ich schließlich in meiner Manteltasche finde. Im Auto atme ich erst ein paar Mal tief durch, um wieder zu Verstand zu kommen, bevor ich den Motor starte und mich dann auf den Weg zu Erics Eltern mache.

Ich bleibe ein paar Minuten vor der Haustür im Auto sitzen und überlege, ob es wirklich eine gute Idee ist, dort zu klingeln. Schließlich bringe ich den Mut auf, aus dem Auto auszusteigen. Klingeln muss ich gar nicht mehr, denn Emma reißt schon die Tür auf, ehe ich nur ansatzweise auf der Fußmatte stehe.

»Es tut mir leid, ich wusste nicht ...«, setze ich an, doch Emma fährt mir gleich über den Mund und zieht mich ins Haus.

»Honey, du musst dich nicht rechtfertigen. Come in.«

Kathy sitzt auf der Couch vorm Kamin und nickt mir als Begrüßung zu. Ich sehe Andrew, der in einem anderen Zimmer, welches aussieht wie ein Büro, mit einem Telefon in der Hand auf und ab geht und wild gestikulierend mit jemandem spricht. Da er Englisch redet, und das ziemlich schnell und hektisch, verstehe ich kein Wort. Auf dem Fernseher läuft im Hintergrund leise ein amerikanischer Nachrichtensender. Ich muss gleich wieder wegsehen, denn mir springen sofort Bilder von der massiven Zerstörung in Texas ins Auge.

Ich zucke erschrocken zusammen, als Emma mir eine Hand auf die Schulter legt.

»Möchtest du einen Tee?«, fragt sie mich liebevoll.

Ich winke ab und sage: »Nein danke. Machen Sie sich wegen mir keine Umstände.«

Emma drückt mich energisch auf die Couch und sieht mir streng in die Augen. »Honey!«, seufzt sie. »Das sind keine Umstände. Wir wissen leider auch noch nichts, aber du bleibst mindestens solange bei uns, bis wir eine Nachricht von Eric haben. Und jetzt hole ich dir einen Tee.«

Sie steht auf und lässt mich mit Kathy allein. Die lächelt mich kurz an, doch die tiefen Ringe unter ihren Augen zeigen deutlich ihre großen Sorgen. Schnell fixiert sie ihren Blick wieder auf den Fernseher.

»Eric weiß, was zu tun ist. Wir sind in der Tornado Alley aufgewachsen. Er weiß, dass er immer auf die Warnungen achten muss und er weiß auch, wo er sich verstecken muss«, murmelt sie vor sich hin. Es ist offensichtlich, dass sie sich selbst kein Wort glaubt.

Emma kommt mit drei Tassen und einer dampfenden Kanne Tee aus der Küche. Dankbar nehme ich eine Tasse entgegen und lehne mich zurück. Emma setzt sich mir gegenüber und lächelt mir zu. Sie ist selbst voller Sorge und probiert dennoch, mich aufzumuntern.

»Mein Mann versucht, über seine alten Kontakte bei der Army etwas herauszubekommen. Es sieht so aus, dass ein großer Teil der Überlandstromleitungen zerstört ist und es auch viele Mobilfunksendemasten erwischt hat. Sie arbeiten mit Feuereifer daran, aber es kann noch einige Stunden dauern, bis wenigstens die größeren Städte wieder Strom haben«, sagt sie und wirft dann einen Blick zu Kathy. Die wendet ihre Augen nicht vom Fernseher ab.

»Magst du Hühnerbrühe zum Mittagessen?«, fragt sie, wieder an mich gewandt.

»Emma, Sie müssen das nicht tun. Ich will keine Belastung sein.«

»Unsinn. Du bist anscheinend erkältet, und das wird dir gut tun. Es ist keine Mühe, weil ich die Brühe nur auftauen muss, und wir müssen schließlich alle essen. Außerdem möchte ich, dass du mich duzt. Ihr Deutschen mit euren merkwürdig förmlichen Anreden. Das Gleiche gilt übrigens für meinen Mann.«

Sie lässt mir keine Chance, etwas zu erwidern und verschwindet gleich wieder in der Küche.

Ich wärme mir die Hände an meinem Teebecher und starre in die Flammen des Kamins, um nicht auf den Fernseher sehen zu müssen. Die Stille zwischen Kathy und mir ist in gegenseitigem Einvernehmen. So hoffe ich zumindest, denn eigentlich habe ich nicht den Eindruck, dass sie mich nicht leiden kann. Ihr scheint nur sehr viel an Eric zu liegen, weswegen sie mich noch kritisch beäugt. Da ich selbst einen Bruder habe, kann ich das absolut nachvollziehen.

»You love him«, sagt sie aus dem Nichts, den Blick immer noch auf die Nachrichten fixiert. Da es keine Frage, sondern eine Feststellung ist, reagiere ich nicht darauf. Diese Erkenntnis hatte ich selbst schon in dem Moment, als ich die Nachricht über den Tornado gesehen habe. Man hat nicht das Gefühl, dass einem das Herz rausgerissen wird, wenn einer Person etwas passiert, die man nur ganz gern hat. Sicher tut es auch dann weh, aber nicht so sehr.

Im Hintergrund höre ich Emma in der Küche rumoren. Vermutlich ist es ihre Art, sich abzulenken. Andrew läuft jetzt nervös vor der Terrassentür auf und ab und raucht dabei eine Zigarette nach der anderen, immer noch mit dem Telefon am Ohr. Kathy sind im Sessel die Augen zugefallen und sie schnarcht leise vor sich hin. Auch meine Lider werden langsam schwer, die Erkältung steckt mir merklich in den Knochen.

Gegen meinen Willen bin ich tatsächlich eingeschlafen und werde sorgfältig zugedeckt wieder wach. Kathy sitzt nicht mehr im Sessel und das Feuer im Kamin ist inzwischen fast runtergebrannt. Der Fernseher ist ausgeschaltet und das Haus ist, bis auf leise Stimmen aus der Küche, fast unheimlich ruhig. Es ist mir peinlich, dass ich einfach so eingeschlafen bin, als wäre ich hier zu Hause. Ich erhebe mich von der Couch, muss aber erst einen Moment stehenbleiben, da mein Kreislauf ziemlich im Keller ist. Unvermittelt schießen mir die Tränen in die Augen als mir wieder bewusst wird, warum ich eigentlich hier bin.

Zaghaft klopfe ich an der Küchentür und werde gleich hereingerufen.

»Tut mir leid, dass ich eingeschlafen bin. Das war unhöflich«, entschuldige ich mich verlegen. Die ganze Familie sitzt am Küchentisch und isst. Emma winkt bloß ab und zeigt auf den freien Platz neben sich.

»Du bist krank, da braucht man Schlaf. Iss was«, sagt sie und steht auf, um mir einen Teller Suppe fertigzumachen. Dankbar nehme ich die heiße Brühe entgegen und merke erst nach dem ersten Löffel, wie hungrig ich bin. Andrew klärt mich darüber auf, dass nach und nach die Verbindungen hergestellt werden, er bisher aber noch keinen Kontakt zu Eric bekommen konnte.

Nach dem Essen helfe ich Emma, die Küche aufzuräumen. Kathy verzieht sich in ihr Zimmer und Andrew geht wieder ins Büro.

Emma und ich haben uns gerade mit frischem Tee am Küchentisch niedergelassen, als im Nebenzimmer das Telefon klingelt. Wir zucken zeitgleich zusammen und erheben uns vom Tisch. Ein Telefonanruf kann an diesem Tag alles bedeuten. Andrew steht im Wohnzimmer und hat schon den Hörer am Ohr, als wir durch die Küchentür treten. Seine Gesichtsfarbe wechselt von einem ungesunden Rot zu leichenblass und wieder zurück.

»It's Eric!«, sagt er endlich.

Mein Herz scheint für einen Augenblick auszusetzen, und ich muss mich am Türrahmen festhalten. Andrew telefoniert für eine Weile mit ihm, doch ich kann mich nicht auf das Gespräch konzentrieren. Als sie alle Fakten ausgetauscht haben, hält er mir den Hörer hin. »He wants to talk to you.«

Mit zittrigen Fingern nehme ich das Telefon entgegen. Emma und Andrew verziehen sich aus dem Wohnzimmer und gehen jetzt wahrscheinlich zu Kathy, um ihr die gute Nachricht zu überbringen. Ich halte den Hörer an mein Ohr, doch statt einer Begrüßung bringe ich nur ein Schluchzen raus. Endlich höre ich Erics Stimme, die mir versichert, dass er tatsächlich noch am Leben ist.

»Love, don't cry. We are fine. Lucy geht es gut und mir geht es gut. Please, don't cry.«

Kurze Zeit, nachdem wir die gute Nachricht erhalten haben, bedanke ich mich für die Gastfreundschaft und verabschiede mich. Emma möchte, dass ich noch zum Abendessen bleibe, doch ich muss unbedingt einen klaren Kopf bekommen. Außerdem fühle ich mich in der ganzen Familiensituation irgendwie fehl am Platz, auch wenn mir niemand etwas in der Richtung vermittelt hat. Emma scheint sogar sehr enttäuscht, dass ich schon gehen will. Der Telefonanruf mit Eric bestand nur aus meinem Geheule und seiner Versicherung, dass es ihm gut geht. Meine extreme Reaktion hat mich selbst völlig überfahren.

Nun liege ich zu Hause in der Badewanne und versuche, das Chaos in meinem Kopf zu entwirren. Meine Erkältung scheint nur so eine 24-Stunden-Geschichte zu sein, denn es geht mir wesentlich besser. Trotzdem bin ich froh, dass morgen Samstag ist und ich Zeit habe, mich zu erholen und meine Gedanken zu sortieren. Ich kann Eric nicht mehr abblocken, soviel ist mir klar geworden. Dass meine Gefühle schon so tief sind, macht mich völlig fertig. Eigentlich bin ich dafür noch nicht bereit, so dachte ich zumindest. Ich habe keinen Plan, wie es weiter laufen soll, wenn er wieder da ist.

Das Brummen meines Handys aus der Tasche meines Bademantels, oder vielmehr Thorstens Bademantel, reißt mich aus meinen Überlegungen. Hastig steige ich aus der Wanne und trockne mich nachlässig ab, bevor ich nach meinem Telefon greife. Es könnte ja schließlich Eric sein.

Es ist tatsächlich Eric.

Habe gerade Internetverbindung. Hast du Zeit? Eric

Aufgeregt tippe ich eine Antwort.

Gib mir fünf Minuten.

Hoffentlich ist es dann nicht schon zu spät, die Verbindungen sind noch nicht sehr stabil.

Kaum habe ich mein Notebook hochgefahren, wählt Eric mich mit einem Videochat an. Und zum ersten Mal seit einer Woche funktioniert es. Eric erscheint auf meinem Bildschirm und schon heule ich wieder.

»Don't cry, darlin'. Please«, höre ich seine verzerrte Stimme aus den Lautsprechern.

»Ich versuche es«, schluchze ich.

»How are you?«, fragt er mich ernsthaft.

»Mir geht's gut. Aber viel wichtiger, wie geht es euch?«, bringe ich endlich mit festerer Stimme heraus. Eric lächelt, doch durch die langsame Internetverbindung ist es zeitversetzt.

»Hier ist alles gut. Ein Teil vom Dach ist abgedeckt worden, aber weiter ist nichts passiert. Wir haben Glück gehabt. Lucy fand es total spannend und aufregend, als wir uns im Keller verschanzen mussten.«

»Okay!«, ist alles, was ich rausbringe, weil ich sonst wieder heulen würde.

»Nina?«, fragt er leise.

»Ja?«

»Hattest du Angst um uns?«

»Ich hatte eine Scheißangst. Was ist das denn für eine blöde Frage?«, empöre ich mich.

»Don't be mad at me. Ich wollte es nur wissen. Und ich wollte dich noch etwas fragen.«

»Was denn?«

»Ich möchte gerne Lucy von uns erzählen, aber zuerst wollte ich dein Einverständnis dafür haben.«

»Von mir aus. Und was genau wolltest du ihr sagen?« Ist ja nicht so, als wären wir ein Paar.

»Dass du wichtig für mich bist und ich gerne mehr Zeit mit dir verbringen möchte. Ich möchte auch die Möglichkeit haben, dich ohne besonderen Grund zu sehen, wenn Lucy dabei ist. Aber dafür muss ich ehrlich zu ihr sein.«

»Okay!«, ist mal wieder meine überaus intelligente Antwort. Dieser Mann macht mich einfach sprachlos. Eric grinst, aber ich kann nicht genau sagen, ob er das gleich nach seinen Worten gemacht hat, oder als Reaktion auf meine Antwort.

»Wir werden nicht mehr lange hier bleiben«, erklärt er mir jetzt. »Wir haben zwar Glück gehabt, aber um uns herum ist nur Zerstörung. Dem muss ich Lucy nicht länger aussetzen als unbedingt nötig. Morgen werde ich versuchen, unsere Flugtickets umzubuchen. Wenn wir Material bekommen, dann helfe ich noch bei der Dachreparatur. Danach habe ich noch eine Sache zu erledigen, und dann möchte ich schnellstmöglich nach Hause.«

Es gibt wohl gerade keine bessere Nachricht für mich, auch wenn es mir ein bisschen Angst macht. Was wird sein, wenn er zurück ist?

»Was musst du denn noch erledigen?«, frage ich, mal wieder ohne nachzudenken.

»I'll go to the cemetery with Lucy.«

»Entschuldigung. Ich wollte nicht neugierig sein.«

»Lass das«, unterbricht er mich. »Du musst dich für nichts entschuldigen. Es ist dein Recht, es zu erfahren. Keine Lügen mehr. Ich habe es versprochen.«

»Okay.« Mal wieder.

»Ich melde mich, wenn ich die Daten über unseren Rückflug kenne. Okay?«

»Okay.« Hey, diesmal war es nicht meine Schuld.

»I miss you terribly, beautiful girl.«

»Ich vermisse dich auch. Sehr.« Ich liebe dich.

»I have to go. Bye.«

»Grüß Lucy von mir. Ciao Eric.«

17.

Es gibt nur zwei Dinge, dich ich an meinem Beruf hasse.
Vollgekotzt zu werden und Läuse. Den ersten Schub von
Magen-Darm-Grippe haben wir für diesen Herbst gerade hinter
uns, nun sind es mal wieder die Läuse. Wenn ich nur an diese
kleinen Biester denke, juckt mir der ganze Kopf. Bislang bin ich
zum Glück davon verschont geblieben, aber das ist ja keine
Garantie, dass es so bleibt.

Im Kindergarten bin ich täglich unzähligen Viren und
Bakterien ausgesetzt und habe im Laufe der Zeit ein ganz gutes
Immunsystem entwickelt, doch Läuse sind ja leider eine ganz
andere Nummer. Vor allem, wenn man die verdächtigen
Kinder auf Nissen untersuchen muss. Deswegen springe ich
jeden Tag nach Feierabend gleich unter die Dusche und wasche
mir fast panisch die Haare. Ich weiß, dass es hysterisch ist und
übermäßige Hygiene auch nichts bringt, aber ich kann mir
einfach nicht helfen.

Also stehe ich auch heute wieder unter dem heißen
Duschstrahl und shampooniere mir schon zum zweiten Mal die
Haare. Morgen kommen Eric und Lucy zurück. Der Gedanke
allein bringt ein lange vermisstes Kribbeln in meinem Unterleib
und lässt mich an Erics Berührungen denken. Meine Hände
wandern wie von selbst zu meinem Brüsten. Nur ein Streichen
über die Warzen genügt, damit sie sich zusammenziehen. Ich
sehe es förmlich vor mir, wie sich Erics Lippen darum schließen
und er sanft an ihnen saugt. Mit einem genervten Seufzer lasse
ich meine Hände sinken und steige aus der Dusche. So gerne
ich es jetzt zu Ende bringen würde, unter der Dusche habe ich

das noch nie gekonnt. Ich greife mir ein Handtuch, wickle es um meine Haare und ziehe mir dann den Bademantel über.

In der Küche nehme ich mir einen Joghurt aus dem Kühlschrank und setze mich damit im Wohnzimmer vor den Fernseher. In der Hoffnung Eric noch online zu erwischen, bevor er auf dem Weg zum Flughafen ist, fahre ich mein Notebook hoch. Ich kann es nicht erwarten, bis er wieder hier ist, doch ich habe auch eine Scheißangst davor, wie es sein wird.

Ein Klopfen an meiner Wohnungstür reißt mich aus meinen Gedanken. Da es eigentlich nur David oder Thorsten sein können, die direkt hier oben stehen, reiße ich ohne nachzudenken die Tür auf. Der Anblick vor mir lässt mir den Atem stocken. Eric. Mit zerzausten Haaren, in Jeans und zerknittertem Shirt und mit sehr müden Augen, aber dem ehrlichsten Lächeln, das man sich vorstellen kann. Mein Herz macht nicht nur einen, sondern gleich mehrere Sprünge.

»Was machst du hier?«, frage ich atemlos.

Er tritt einen Schritt vor und schließt mich mit einem erleichterten Seufzer in seine Arme.

»Wir haben einen früheren Flug erwischt. Ich wollte dich überraschen. Hoffentlich ist das okay.«

Als Antwort fahre ich mit den Fingern durch sein Haar und drücke meine Lippen auf seine. Eric schließt mit einem Fußtritt die Tür und presst sich an mich. Wir stolpern rückwärts Richtung Wohnzimmer, wo wir direkt auf der Couch landen. Eric schiebt sich zwischen meine Schenkel, scheint aber noch nicht bemerkt zu haben, dass ich bis auf den Bademantel nackt bin. Mit meiner Zungenspitze bitte ich an seinen Lippen um Einlass, den er mir augenblicklich gewährt. Als sich unsere Zungen treffen und miteinander tanzen, stöhnen wir beide zeitgleich. Ich fühle durch Erics Jeans, wie er an meinem Schoß hart wird. Seine Hände wandern über meine Oberschenkel zu der Stelle, wo eigentlich ein Höschen sitzen müsste. Als er bemerkt, dass dort nur nackte Haut zu finden ist, reißt er weit die Augen auf und fängt meinen Blick ein.

»Nina«, seufzt er an meinen Lippen und öffnet langsam den Gürtel des Bademantels. Sein flehender Blick bittet, den Bademantel öffnen zu dürfen. Mit einem Nicken gebe ich meine Zustimmung. Erics Lippen wandern über meinen Hals zu meinen Schultern, während seine Hände den Mantel von meiner Haut schieben. Ich zerre an seinem Shirt, um endlich wieder seine Haut zu spüren, doch in dieser Position ist es mir unmöglich, ihn davon zu befreien. Eric spürt meine Notlage und setzt sich auf die Knie, um sich das Shirt über den Kopf zu ziehen. Ich liege völlig nackt vor ihm, habe aber immer noch das dämliche Handtuch auf dem Kopf. Hastig wickle ich es ab und werfe es auf den Boden. Eric blickt bewundernd auf mich herab und streicht mit seinen Daumen über meine Hüftknochen. Seine Berührungen lassen mich erschauern. Er schüttelt mit dem Kopf, als könnte er es nicht fassen, mich so vor sich zu sehen. Meine Finger wandern zu seinem Hosenbund. Ich streiche vorsichtig mit meinen Fingerspitzen darunter und streife mit meinem Daumen über die Beule in seinem Schritt. Eric zieht scharf die Luft ein und schließt für einen Moment die Augen. Als er mich wieder ansieht, beiße ich auf meine Unterlippe, kann mir aber ein Grinsen dennoch nicht verkneifen.

»You play with fire«, raunt er mit seiner Samtstimme, die wohl nur für solche Situationen reserviert ist.

Ich ziehe ihn am Hosenbund zu mir herunter und kann nur noch wimmern, als ich seine warme Haut auf mir spüre. Eric stützt sich mit den Ellbogen neben meinem Kopf ab und streicht meine nassen Haare nach hinten.

»Ich habe Angst«, sage ich, kurz bevor er seine Lippen auf meine pressen kann. Er sieht mich beunruhigt an und will gerade etwas erwidern, doch ich komme ihm zuvor. Ich nehme sein wunderschönes Gesicht in meine Hände und sehe ihm in die Augen.

»Eric. Ich habe Angst davor, wieder verletzt zu werden. Aber ich will das hier und ich vertraue dir!«

»Really?«, fragt er voller Hoffnung.

Ich streiche über seine Wangenknochen und nicke. Seine Gesichtszüge entspannen sich unter meiner Berührung. Erst jetzt wird mir bewusst, wie angespannt er doch noch war. Offenbar war es nicht nur die Müdigkeit, die ihm ins Gesicht geschrieben stand.

»Darlin', I haven't showered today. I should …«

»Den Teufel wirst du tun. Du kannst duschen, wenn ich mit dir fertig bin.« Ich ziehe ihn an meine Lippen und streiche mit der Zunge über seine Oberlippe. Meine Finger wandern wieder unter seinen Hosenbund, wo ich schon die Spitze seiner Erektion ertasten kann. Ich öffne die Knopfleiste seiner Jeans, ziehe sie und die Boxershorts ein kleines Stück herunter und befreie ihn aus der Enge seiner Hose. Erics Lippen wandern zu meinem Ohrläppchen, welches er mit seiner warmen Zunge massiert. Mit meinen Füßen streife ich erfolgreich seine Hose von den Beinen. Endlich liegt er ganz nackt auf mir. Von seinem Duft berauscht, nehme ich nichts anderes mehr wahr als seine weichen Hände, die jetzt an meinen Seiten entlangwandern und dann auf meinen Brüsten liegen bleiben. Seine Lippen wandern von meinem Hals über meine Schultern zu meinen Brustwarzen, und schon habe ich die Fantasie aus der Dusche direkt vor mir. Doch die Realität ist so viel besser. Mit den Lippen umschließt er die harten Nippel und massiert sie mit seiner heißen Zunge. Ich spüre die samtige Haut seiner Erektion auf meinem Oberschenkel. Meine eigene Erregung benetzt meinen Schambereich. Ich kann es kaum erwarten, ihn in mir zu fühlen. Eric testet mich mit einem Finger und stöhnt an meiner Brust, als er merkt, wie feucht ich bin.

»Always so wet for me«, flüstert er an meiner Haut. Er nimmt seinen nassen Mittelfinger und leckt ihn genüsslich ab. Ich ziehe ihn zu mir hoch und schmecke mich auf seinen Lippen. Sein pochender Schaft liegt direkt auf meiner Scham und selbst die kleinste Bewegung massiert meinen Kitzler.

»Are you sure?«, fragt er an meinen Lippen.

»So sicher, wie ich nur sein kann«, bringe ich wimmernd heraus.

»Ich hol ein Kondom«, sagt er und will gerade aufstehen, doch ich ziehe ihn wieder zu mir. Er sieht mich verwundert an, deswegen sage ich: »Ich habe doch gesagt, dass ich dir vertraue.«

Eric legt mit geschlossenen Augen seine Stirn an meine und seufzt erleichtert. Als er mich wieder ansieht, ist sein Blick so voll Gefühl, dass es mich fast zum Heulen bringt. Er lässt meinen Blick nicht los, als er mit einer fließenden Bewegung in mich eindringt. Ein kehliges Stöhnen kommt aus meinem Mund, ohne dass ich irgendeine Kontrolle darüber hätte. Eric verschließt meine Lippen mit einem leidenschaftlichen Kuss und hebt mein linkes Bein an, um tiefer in mir versinken zu können. Er bewegt sich vorsichtig, doch ich schiebe ihn mit meinen Fersen heftiger an mich. Ich bin so verdammt erregt, dass ich jetzt schon die eindeutigen Zeichen eines nahenden

Höhepunktes spüre. Auch Eric bemerkt, wie ich um seinen Schaft pulsiere.

»So fucking tight«, keucht er in mein Ohr. Er saugt an meinem Hals und reibt bei jedem Stoß über meinen Kitzler. Meine Finger verkrampfen sich in seinem Rücken, bevor ich mich völlig in meinen Höhepunkt fallenlasse. Eric legt seine Hand auf meine Wange und sieht mir mit verhangenem Blick in die Augen. Nur zwei Stöße später ergießt auch er sich in mir. Er lässt sich auf mich sinken, stützt einen Teil seines Gewichts aber noch auf die Ellbogen. Mit den Fingerspitzen zeichnet er die Konturen meines Gesichts nach und sieht mich an, als wäre ich das Schönste, was er je gesehen hat.

»You are so fucking beautiful«, sagt er mit belegter Stimme.

»Und du fluchst verdammt viel, wenn du in mir bist«, antworte ich grinsend.

Eric schüttelt den Kopf und lächelt mich gelöst an.

»Everything okay?«, fragt er.

»Alles bestens, Eric. Keine Sorge, ich überlege es mir nicht mehr anders.«

»Good. You take a shower with me?«, fragt er, als er von mir runter steigt und mir eine Hand entgegenstreckt. Ich lasse mich nicht zweimal bitten und folge ihm mit meinem Bademantel in der Hand. Eric startet die Dusche, die noch nicht ganz trocken vom letzten Mal ist, und dreht sich zu mir. Er streicht mir die Haare aus dem Gesicht und drückt mir einen Kuss auf die Stirn.

»Are you happy?«, fragt er leise.

»Ich bin sehr glücklich. Und du?«

»More than you can imagine.«

Er zieht mich in die aufgeheizte Dusche und schließt mich in seine Arme. Jetzt, wo die größte Spannung abgebaut ist, küssen wir uns zärtlich und genießen das warme Wasser, was auf unsere Haut prasselt. Eric nimmt immer wieder mein Gesicht in seine Hände und betrachtet mich voller Emotionen. Er sieht aus, als wollte er jeden Moment mit etwas rausplatzen, doch in der letzten Sekunde fängt er sich.

»Kann ich heute Nacht bleiben?«, fragt er unsicher.

»Als ob du jetzt noch fragen müsstest.«

Es ist noch früh am Abend, als wir unsere Dusche beendet haben. Ich habe mir eine lockere Yogahose und mein hautenges Nirvana T-Shirt übergeworfen. Eigentlich war mir dieses Shirt schon mit sechzehn zu klein, doch ich kann mich einfach nicht davon trennen. Eric scheint der Anblick jedoch kein bisschen zu stören, denn er beobachtet mich mit glasigem Blick von seinem Posten am Küchentisch, während ich die Nudelauflaufreste von gestern für uns aufwärme.

»Hast du eigentlich schon mit Lucy gesprochen? Wie hat sie reagiert?«, frage ich über meine Schulter. Ich versuche, mich an ihm vorbeizuschieben, um die Ofenhandschuhe aus der Schublade hinter ihm zu greifen, doch er nutzt den Moment und zieht mich auf seinen Schoß. Er streift mit den Fingerspitzen über meinen Brustkorb und sagt: »I like your shirt.« Seine Hände wandern an meinem Hals hoch, zu meinen Haaren. Er greift in die noch nassen Strähnen, die sich in diesem Zustand leider kringeln.

»But I love your curly red hair«, raunt er in mein Ohr und drückt mir einen feuchten, heißen Kuss auf meinen Nacken. Er sieht mit hungrigem Blick an mir herunter und scheint dann doch wieder mehr mein Shirt zu lieben, an dem sich jetzt deutlich meine harten Nippel abzeichnen. Abwesend befeuchtet er seine Lippen, bevor seine Augen zu meinem Gesicht wandern.

»Was wolltest du wissen?«, fragt er mit Unschuldsmiene.

»Lucy? Das Gespräch? Wie hat sie reagiert?«, antworte ich heiser.

»Sie wollte nur wissen, ob du dann mit uns auf einen Weihnachtsmarkt gehst. Sie möchte unbedingt auf einen richtigen deutschen Weihnachtsmarkt gehen und hält dich offenbar für die perfekte Begleitung. Sie sieht das locker, denke ich. Die Situation wäre sicher eine andere, wenn sie ein Scheidungskind wäre und dich als irgendeine Form von Konkurrenz sehen würde. Momentan betrachtet sie dich nur als Bereicherung. Dass sie dich mag, ist keine Frage. Wir sollten einfach abwarten, wie es läuft und dann entsprechend handeln.«

»Klingt gut. Und natürlich gehe ich mit euch auf einen Weihnachtsmarkt.« Ich löse mich aus seinen Armen, um den aufgewärmten Auflauf aus dem Ofen zu nehmen.

»Nimmst du Lucy mit zur Hochzeit von Thorsten und David?«, frage ich, als wir uns gegenübersitzen. Eric legt uns jeweils ein Stück Auflauf auf den Teller und sieht mich dann kopfschüttelnd an.

»Nein, ich denke, sie hat an dem Tag mehr Spaß mit ihren Großeltern. Außerdem habe ich dich bereits um ein Date gebeten und möchte dich ganz egoistisch an diesem Tag für mich haben.«

Nach dem Essen steht Eric auf und zieht mich vom Stuhl hoch. »Komm mit«, sagt er bestimmend.

»Aber das Geschirr …«, versuche ich einen Protest einzubringen.

»We care about it later.«

Er zieht mich zum Schlafzimmer, doch auf halbem Weg stoppe ich ihn, indem ich stur stehen bleibe.

»Wo willst du hin?«, frage ich trotzig mit verschränkten Armen vor der Brust. Eric dreht sich um und sieht mich verwundert an.

»I want to make love to my girlfriend«, antwortet er, als sei es doch völlig selbstverständlich. Und tatsächlich ist es das jetzt auch. Sein Gesicht wird von einem teuflischen Grinsen überzogen. Er führt offensichtlich nichts Gutes im Schilde. Ich habe keine Chance zu reagieren, als er meine Hüften packt und mich über seine Schulter wirft. Exakt wie in unserer ersten Nacht. Ich trommle auf seinen durchtrainierten Hintern.

»Kein Grund, sich wie ein Neandertaler zu benehmen!« Ich winde mich auf seiner Schulter und gebe dadurch leider preis, dass die Oberschenkel eine extrem kitzlige Stelle bei mir sind. Eric hat mich mit einer Hand fest im Griff, und mit der anderen kitzelt er meine Beine durch.

»Aufhören!«, flehe ich lachend und haue auf sein Hinterteil ein, doch ihn lässt das unbeeindruckt. Er zuckt noch nicht mal und läuft weiter, als hätte er keinen 58 Kilo schweren Ballast bei sich.

Im Schlafzimmer schmeißt er mich wie einen Sack Mehl aufs Bett und bleibt grinsend vor mir stehen.

»Nicht sehr nett«, sage ich schmollend.

Eric zerrt sein Shirt über den Kopf und schiebt mit einem Knie meine Schenkel auseinander. Mein T-Shirt ist schon bis unter meine Brust hochgerutscht und Eric zieht es die restlichen Zentimeter hoch, bis ich entblößt vor ihm liege. Er stützt sich mit den Armen neben meinen Schultern ab und sieht mich mit schief gelegtem Kopf an.

»Naughty or nice? Your choice.«

»Hmmm … ich finde es so heiß, wenn du in diesen Momenten mit mir Englisch sprichst.«

»Naughty it is.«

Er zieht mir die Hose über den Po und hebt dann meine Beine an, um sie komplett abzustreifen. Nur mit meinem T-Shirt unter dem Kinn liege ich jetzt vor ihm.

»No panty?«, fragt er mit einer hochgezogenen Augenbraue.

Meine Antwort besteht nur aus einem Schulterzucken. Ich setze mich auf und ziehe mir endlich mein letztes Kleidungsstück über den Kopf, bevor ich mich an Erics Hose zu schaffen mache. Ich befreie ihn aus seiner Hose und nehme ihn gleich in den Mund. Eric stöhnt überrascht und hat Mühe, aufrecht stehenzubleiben.

»You are killing me, beautiful girl«, keucht er und greift in mein Haar. Schon Sekunden später drückt er mich wieder zurück aufs Bett und krabbelt zwischen meine Schenkel. Gierig schiebt er mir seine Zunge in den Mund, und ich komme ihm mehr als willig entgegen.

Mit meinen Füßen helfe ich ihm, den Rest seiner Hose von den Beinen zu schieben. Eric Mund wandert zu meinen harten Nippeln, an denen er vorsichtig knabbert und leckt.

»Eric, bitte«, flehe ich.

Er sieht zu mir auf und grinst. »Are you begging, beautiful girl?«

»War es nicht das, worauf du gewartet hast?«, antworte ich mit einem Zwinkern.

»I've been waiting long enough for it.«

Eric schiebt zwei Finger in meine Spalte, um etwas von meiner Feuchtigkeit zu verteilen und kurz um meinen Kitzler zu kreisen. Er steckt mir seine benetzten Finger in den Mund und dringt in dem Moment in mich ein, als ich mich an ihm schmecke. Meine Sinne scheinen zu explodieren. Das bittersüße Gefühl von Erics Länge, die mich auf so angenehme Weise dehnt, und der Geschmack meiner Lust im Mund lässt mich komplett die Kontrolle verlieren. Eric bedeckt mich mit seinem Körper und legt seine Hände unter meine Schulterblätter, als er sich langsam in mir bewegt. Schon wieder bedarf es nur weniger Stöße, bis ich unter ihm zerfalle. Tränen laufen über meine Wangen. Soviel Emotion, die ich gerade gar nicht erfassen kann.

»Darlin', what's wrong? Hab ich dir wehgetan?«, fragt Eric besorgt. Er dreht uns beide um und setzt sich, mit mir auf dem Schoß, aufrecht hin. Er ist immer noch in mir und hält meinen Körper, der von Schluchzern erschüttert wird.

»Als ich dich nicht erreichen konnte. Ich hatte solche Angst. Ich dachte, du wärst tot.«

Er wiegt mich in seinen Armen und streicht mir über die Haare.

»I know, Nina. It's okay. I'm here now.«

»Ich schwöre, normalerweise heule ich nicht beim Sex«, bringe ich halb lachend, halb weinend, hervor.

»Du musst dich nicht erklären. War das der Grund, warum du mich an der Haustür förmlich attackiert hast? Ist es dir an dem Tag des Tornados bewusst geworden?«

Ich gehe nicht genauer darauf ein, was er damit meint und nicke stattdessen nur. Sonst platze ich noch damit raus, dass mir da klar geworden ist, dass ich ihn liebe.

Eric bedeckt mein Gesicht mit Küssen und versichert mir immer wieder, dass es nicht schlimm ist, wenn ich weine. Als ich endlich mein Zittern und den Tränenfluss im Griff habe, machen wir da weiter, wo uns mein Heulkrampf unterbrochen hat. Irgendwann schlafen wir völlig erschöpft und ausgelaugt ein.

Nur wenige Stunden später weckt mich das penetrante Piepen meines Weckers. Shit. Ich hätte schon fast vergessen, dass ich heute arbeiten muss. Ich drehe mich um und greife mein Handy vom Nachttisch, als Eric mich um die Taille fasst und an sich zieht - an seine sehr pralle Morgenlatte. Er vergräbt sein Gesicht in meinem zerwühlten Haarschopf und sagt mit rauer Stimme: »I want to fuck you again«.

Allein diese Worte versetzen schon wieder sämtliche Sinne in mir in Aufruhr. Ich schmiege mich in seine Arme. »Nichts lieber als das, aber ich muss leider zur Arbeit.«

Meine Worte bringen ihn anscheinend in die Realität, denn er zieht wenigstens seine Hüften von mir zurück.

»Kannst du mich zu Hause absetzen? Meine Eltern haben mich gestern nur vom Flughafen aus hier rausgelassen. Lucy wird heute wahrscheinlich noch nicht wieder in den Kindergarten kommen. Sie soll erst mal ihren Jetlag ausschlafen.« Widerwillig entlässt er mich aus seinen Armen und sieht mich abwartend an.

»Klar nehme ich dich mit. Aber nur, wenn du deinen Knackarsch aus dem Bett schwingst und uns Kaffee machst. Ich muss duschen, so kann ich nicht bei der Arbeit auftauchen.«

Auf dem Weg ins Badezimmer schalte ich mein Handy ein und finde zwei ungelesene SMS. Eine von Jule, die wissen will, wann wir mal wieder einen Mädelsabend machen. Die zweite ist von David und treibt mir die Schamesröte ins Gesicht.

Kleine! Nach der Geräuschkulisse der letzten Nacht zu urteilen gehe ich davon aus, dass ich für dich und Eric bei der Hochzeit ein Doppelzimmer buchen kann. Sei froh, dass dein Bruder so einen tiefen Schlaf hat. Lieb dich. David.

18.

Lucy dreht Runde um Runde auf dem nostalgischen Karussell, während ich mir mit Eric einen Glühwein teile. Immer, wenn sie an unserem Standplatz vorbeikommt, winkt sie uns eifrig zu. Es ist schwer, neben Eric zu stehen und ihn nicht einfach berühren zu können. Wir sind seit drei Wochen ein Paar, und das ist unsere erste offizielle Unternehmung gemeinsam mit Lucy. Ich war zwar schon einige Mal am Abend bei Eric, als Lucy noch wach war, doch bis jetzt haben wir noch nichts in der Form unternommen. Wir halten die Zeichen unserer Zuneigung vor Lucy noch vollständig zurück, da es mir nicht richtig vorkommt. Es ist einfach noch zu früh, obwohl Eric das anders sieht und nicht versteht, warum ich auf dem Weihnachtsmarkt nicht wenigstens seine Hand nehmen kann.

»Können wir etwas von dem Glühwein für heute Abend mitnehmen? Die verkaufen den doch auch in Flaschen.« Er schaut bittend zu mir herab und drückt mir schnell einen Kuss auf die Stirn, als Lucy außer Sichtweite ist. Seine Lippen sind kalt von der frostigen Winterluft, doch lieber hätte ich sie auf meinen, um ihn zu schmecken und den Glühwein in seinem Mund.

»Hast du vor, mich abzufüllen? Ich muss später noch fahren, deswegen ist es vielleicht keine gute Idee.«

Eric lehnt sich zu mir und wispert in mein Ohr: »Stay with me tonight. I miss you.«

Unsere gemeinsame Zeit allein in den letzten drei Wochen hat sich meist auf etwas außer Kontrolle geratenes Fummeln auf seiner Couch beschränkt.

»Was ist mit Lucy?«

»Was soll mit Lucy sein?«, fragt er.

»Ich will sie nicht überfordern.«

»Manchmal habe ich das Gefühl, du bist diejenige, die überfordert ist.«

»Das ist nicht fair!« Ich trete einen Schritt von ihm zurück. Jetzt bin ich echt sauer, aber ich kann mit Lucy in der Nähe keine Diskussion provozieren. Eric scheint jedoch zu merken, dass er einen Fehler gemacht hat. Er schließt die Distanz zwischen uns und nimmt mich in seine Arme. Diesmal wehre ich mich nicht und schmiege mich sogar an ihn.

»Ich bin gerade so angepisst, das ist dir hoffentlich klar?«, murmle ich an seine Brust.

»I'm sorry! Du hast recht, das war nicht fair. Du fehlst mir nur so sehr, und ich halte deine Zurückhaltung für unnötig. Es ist nicht so, dass Lucy bei mir jedes Quartal eine neue Freundin vor die Nase gesetzt bekommen hat. Du bist die Erste, und wenn es mir nicht ernst wäre, dann würde ich dich nicht in der Nähe meines Kindes haben wollen.«

Ausgerechnet in diesem Moment entschließt sich Lucy, genügend Runden auf dem Karussell gedreht zu haben und stürmt auf uns zu.

»I'm so hungry for sweets, daddy. May I have a few? Please, daddy«, bettelt sie auf Erics Arm.

»Sure. Du solltest Nina fragen. Sie kann dir bestimmt etwas Leckeres zeigen«, sagt er an mich gewandt. Er setzt Lucy wieder auf den Boden und die entschließt sich, meine Hand zu nehmen und mich hinter sich herzuziehen. Erstaunt sehe ich zu Eric, der nur mit den Schultern zuckt. Doch das Leuchten in seinen Augen zeigt, dass er darüber alles andere als unglücklich ist.

Also lernt Lucy unter meiner Anleitung die Freuden von kandierten und schokoladenüberzogenen Früchten kennen. Sie verschlingt einen kompletten kandierten Apfel und schläft schließlich erschöpft an Erics Schulter ein. Mit einer Tasche voller verschiedenster Leckereien machen wir uns auf die Suche nach Erics Auto. Als wir es endlich in dem riesigen Parkhaus in der Innenstadt gefunden haben, setzt Eric Lucy behutsam in ihren Sitz und schnallt seine schlafende Tochter an. Er ist völlig arglos darüber, wie dermaßen sexy er in diesen Momenten ist. Leise versucht er, die Autotür zu schließen und drückt mich dann an die Beifahrertür.

»This I wanted to do all day«, haucht er an meinem Mund, bevor er seine Lippen auf meine presst. Ich wimmere unter seinem Kuss und kralle mich in seine Jacke. Unsere kühlen Lippen werden schnell warm, und meine Knie werden weich unter dem Einfluss seiner Zunge.

»Will you stay the night?«, fragt er atemlos.

»Ja. Sehr gerne.«

Bei Eric angekommen, verschwendet er keine Zeit, Lucy im Bett zu verstauen. Er schält sie aus der Jacke und den Schuhen und streift ihr vorsichtig die Hose ab. Ohne einmal die Augen zu öffnen, gleitet Lucy mit einem entspannten Seufzer in einen hoffentlich tiefen Nachtschlaf.

»Glühwein?«, fragt Eric, als wir aus Lucys Zimmer kommen.

»Gerne.«

Eric erwärmt uns zwei Tassen in der Mikrowelle und will mich dann ins Wohnzimmer führen.

»Können wir lieber in dein Büro gehen?«, frage ich vorsichtig. Ich mag den Raum irgendwie.

»Klar, wie du möchtest.« Er drückt mir meine Tasse in die Hand und geht hinter mir die Treppe rauf.

Ganz dreist lasse ich mich in seinem komfortablen Bürosessel nieder und nippe an meinem Glühwein.

»You like it in here?«, fragt er von der anderen Seite des Schreibtischs.

»Total. Der Raum ist untypisch für dich, und doch ist er so sehr du. So habe ich dich kennengelernt. Bei dir ist nichts, wie es auf den ersten Blick scheint.«

Eric lächelt mich über seine Tasse an und pustet dabei in die heiße Flüssigkeit.

»What you see is what you get«, antwortet er schließlich.

»Jetzt ja, am Anfang nicht.«

»Bist du denn zufrieden damit? Trotz meiner Vergangenheit und den Umständen, die Lucy mit sich bringt?«

Ich stelle meine Tasse beiseite und greife über den Tisch nach seinen Händen. Bereitwillig gibt er sie mir, und ich verschränke unsere Finger.

»Lucy ist kein Umstand, sie ist dein Kind. Eric, du musst dir keine Gedanken darüber machen, ob es mir zu viel wird. Lucy ist ein großer Teil von dem, was dich ausmacht. Ohne sie wärst du nicht der Mensch, der du jetzt bist. Und ich will keinen anderen Eric.«

Er zieht an meinen Händen und deutet mit einem Kopfnicken, mich auf seinen Schoß zu setzen. Offenbar ist er gerade etwas sprachlos.

Natürlich gehe ich um den Tisch herum und setze mich auf seine Oberschenkel. Eric nimmt mein Gesicht in seine von der Tasse angewärmten Hände und sieht mich liebevoll an. Tränen glitzern in seinen Augenwinkeln, doch ich kommentiere das nicht. Ich finde es toll, dass er mir gegenüber seine Gefühle zulassen kann. Dennoch ist mir bewusst, dass ein unbedachtes Wort schnell eine unsichtbare Grenze überschreitet. Er lehnt seine Stirn an meine und atmet ein paar Mal tief durch, um mir dann einen zärtlichen Kuss auf die Lippen zu drücken.

»I wanna tell you many things, beautiful girl. But I know it's a little bit too early for that.«

Ich nicke und lege meine Arme um ihn, denn Worte sind manchmal einfach überflüssig. Aus dem Augenwinkel sehe ich in der Ecke des Raums eine Gitarre stehen, die mir bisher nicht aufgefallen ist.

»Du spielst?«, frage ich erstaunt.

»Ein bisschen«, antwortet er verlegen. »Ich war in der Highschool in einer Band. Wir haben uns das Spielen selbst beigebracht. Ich bin nicht besonders gut.«

Er probiert, sich rauszureden, weil er schon vermutet, was ich möchte. Doch nicht mit mir.

»Spielst du mir was vor?«, frage ich mit Hundeblick.

»Ich bin wirklich nicht gut«, versucht er, sich rauszuwinden.

»Bitte, bitte. Ich mach euch morgen auch Frühstück. Ich kann gute Pancakes machen. Bitte!«

Genervt schiebt Eric mich von seinem Schoß und holt die Gitarre. Er setzt sich wieder auf den Stuhl, und ich setze mich vor ihn auf die Tischkante.

»Ich hab das Teil letzte Woche erst aus der Garage geholt und damit experimentiert. Ich habe seit Jahren nicht mehr richtig gespielt«, sagt er zögerlich und erst jetzt merke ich, dass er nur so genervt reagiert hat, weil er nervös ist.

»Ist das nicht so ähnlich wie Fahrradfahren? Etwas, das man nie verlernt.«

»So ähnlich, ja.« Unsicher zupft er an den Saiten und sieht dann zu mir auf. »Ich mach das nur für dich, das ist klar, oder?«

»Klar.« Ich hebe abwehrend die Hände und warte darauf, dass er endlich anfängt. Schnell entziffere ich die ersten Akkorde als *Enjoy the silence* von *Depeche Mode*. Was mir absolut die Schuhe auszieht und womit ich nie gerechnet hätte, ist die Tatsache, dass Eric dann auch noch mitsingt. Und zwar verdammt gut. Fassungslos sitze ich vor ihm und muss mich zusammenreißen, um nicht in Tränen auszubrechen, denn es passt so perfekt zu dem, was sich gerade zwischen uns abgespielt hat.

19.

»Ich finde es immer noch nicht gut. Du solltest nicht allein sein. So was ist nicht gesund.«

Eric sitzt im Smoking auf dem Bett unseres Zimmers im Schloss und beobachtet mit strengem Blick, wie ich mich anziehe. Wir führen diese Diskussion schon seit Tagen.

»Eric!«, sage ich ernst und versuche, nur in Unterwäsche und mit Lockenwicklern auf dem Kopf, einschüchternd zu wirken. »Ich habe seit 15 Jahren nicht mehr Weihnachten gefeiert, und ich werde es auch dieses Jahr nicht tun.«

Thorsten und David fliegen morgen, am Heiligabend, in die Flitterwochen. Vorher werden wir noch zusammen zum Friedhof fahren und dann werde ich sie gleich am Flughafen absetzen. Der Todestag meiner Eltern ist morgen. Wir haben seitdem nicht mehr Weihnachten gefeiert, weil es uns einfach vergangen ist. Ich plane auch nicht, das dieses Jahr zu ändern.

»Du bist so verdammt stur«, grummelt Eric vor sich hin. Er packt mich am Arm und zieht mich rittlings auf seinen Schoß. »And so hot in your stockings.« Seine Hände streichen über meinen Rücken und spielen schon wieder am Verschluss meines BHs. Ich gebe es ja zu, extra für diese Nacht habe ich mir neue Unterwäsche gekauft. Spitzen-BH und Höschen mit den passenden Strumpfhaltern in violett. Eric ist vorhin die Kinnlade runtergefallen, als ich aus dem Bad kam.

»Lässt du das bitte sein? Ich muss mich fertigmachen. Wir müssen in einer halben Stunde unten sein, und ich habe immer noch nicht meine Schuhe gefunden.«

»I don't need more than ten minutes, beautiful girl«, raunt er an meinem Hals und leckt langsam über meinen spürbaren

Puls. Na toll, jetzt ist mein neues Höschen feucht. Was dieser Mann mir antut. Allein die Tatsache, dass er hier die ganze Zeit im Smoking vor mir sitzt, reicht, um mir die Knie weichzumachen.

Wie kann er schon wieder hart werden? Ich habe riesige Lockenwickler im Haar und sehe gerade aus wie meine eigene Großmutter. Abgesehen von der Unterwäsche und dem Kerl unter mir.

»Eric, ich muss mich wirklich anziehen«, versuche ich es noch mal, allerdings sehr wenig überzeugend. Er knetet meine Pobacken und zieht mich fest an seinen harten Schwanz. Mit einer leichten Bewegung seiner Hüften reibt er ihn gezielt über meine Klitoris. Dieser Typ weiß ganz genau, wie er mich in ein wimmerndes Häufchen Pudding verwandelt. Seine Daumen streichen über meine harten Brustwarzen, die noch in meiner Wäsche verborgen sind. Eric zieht ein Körbchen meines BHs runter und saugt den zusammengezogenen Nippel zwischen seine Lippen. Ohne mir über die bevorstehende Trauung Gedanken zu machen, öffne ich seinen Hosenknopf und gleich darauf seinen Reißverschluss. Ich greife in seine Unterhose und befreie ihn aus der Enge seiner Hose. Ein paar Mal wichse ich ihn in meinen Händen und reibe ihn durch die dünne Lage Stoff an meinem Kitzler. Eric greift zwischen meine Schenkel und schiebt einfach mein Höschen beiseite. Er hebt meinen Po an und lässt mich ohne Umstände auf sich sinken. Für einen Moment hält er sich keuchend an mir fest. Ich halte es nicht länger aus und bewege mich auf und ab. Eric fängt meinen Blick ein und sieht mich aus wilden Augen an. Ich liebe ihn und ich würde es so gerne sagen, doch dieser Schritt macht mich so verdammt verletzlich. Etwas Zeit brauche ich dafür noch.

Eric nimmt mein Gesicht in seine Hände und bedeckt es mit Küssen. »I need you so much, beautiful girl.« Sein Atem wird unregelmäßiger, und auch ich spüre die Vorboten meines Höhepunkts. Schon Sekunden später zucke ich um seinen Schwanz und lasse mich in seine Arme fallen, als auch er sich in mir ergießt und mich mit zitternden Händen festhält.

»8 minutes, 35 seconds!«, flüstert er grinsend in mein Ohr.

»Oh, du bist teuflisch.« Ich haue ihm spielerisch auf den Brustkorb und steige wieder von ihm runter. Eric schließt seine Hose und klatscht mir auf den Hintern, als ich auf dem Weg ins Bad an ihm vorbeigehe.

»Hiermit segne ich die Lebenspartnerschaft von David und Thorsten, vor Gott und allen anwesenden Zeugen.«

Mein Bruder und David knien vor dem freien Theologen, und er hat seine Hände auf ihre Köpfe gelegt. Ich wische mir die Tränen der Rührung aus dem Augenwinkel und reiche meinem Bruder die Ringe. Erst steckt David ihm den breiten Weißgoldring an, und dann nimmt Thorsten Davids Hand und schiebt ihm mit zitternden Händen seinen Ring auf den Finger der rechten Hand. Die beiden erheben sich und dürfen sich nun endlich küssen. Es ist nur ein kurzer und zaghafter Kuss, aber mein Bruder lässt keinen Zweifel daran, wer zu ihm gehört.

Die Hochzeitsgesellschaft hinter uns besteht aus etwa dem halben Team, plus der jeweiligen Partnerinnen. Auch ein paar Freunde von David und Thorsten sind da. Es ist eine Runde von ungefähr 60 Leuten. Von der Seite unserer Familie lebt niemand mehr oder es besteht seit Jahren kein Kontakt, weswegen Davids Eltern die einzigen Familienmitglieder auf der Feier sind.

Thorsten und David treten vom Altar weg und mischen sich zwischen ihre Gäste. Sie werden von allen Seiten mit Glückwünschen überhäuft. Dank des freien Theologen lief die ganze Zeremonie sehr ungezwungen ab, weswegen wir uns jetzt ohne Umschweife in den nebenliegenden Festsaal begeben und mit Prosecco auf das frisch vermählte Paar anstoßen. Eric reicht mir ein Glas und nimmt gleich meine Hand. Er sieht mich zum wiederholten Male von oben bis unten an und bewundert mein schwarzes, bodenlanges Seidenkleid mit dem freien Rücken und einem Schlitz bis zur Mitte meines Oberschenkels.

»You look gorgeous«, flüstert er in mein Ohr und stößt dann mit mir an.

»Danke. Das Kompliment kann ich nur zurückgeben«, sage ich mit einem Blick auf seinen Smoking.

Als schließlich alle Gäste an der großen Tafel Platz genommen haben und darauf warten, dass die Kellner das Essen auftragen, erhebe ich mich vom Stuhl und klopfe mit einer Gabel an mein Glas, um die Aufmerksamkeit auf mich zu ziehen. Es wird augenblicklich ruhig und alle Blicke liegen auf mir. Eric sieht aufmunternd zu mir hoch. Ich hasse so etwas und es liegt mir überhaupt nicht, aber ich habe es versprochen.

»Wie viele von euch wissen, haben Thorsten und ich jung unsere Eltern verloren«, beginne ich und muss mich gleich wieder sammeln, damit ich nicht in Tränen ausbreche. »Thorsten war immer mein Fels in der Brandung, er hat auf so viel für mich verzichtet, um für mich sorgen zu können. Er war 18 Jahre alt, als er die Fürsorge für ein 8 Jahre altes Mädchen, welches ich war, übernommen hat.«

David ist der Erste, der sein Taschentuch zückt, und mein Bruder lächelt traurig. Ich muss wieder von den beiden wegsehen, sonst fange ich an zu schluchzen.

»Ich habe ihm alles zu verdanken, da er mich davor bewahrt hat, mein Zuhause zu verlieren und die Rolle eines Elternteils übernommen hat, als wäre es das Normalste der Welt. Er hat seine Trauer um unsere Eltern komplett zurückgestellt, um mich auffangen zu können.« Ich schaue zu meinem Bruder und sehe jetzt auch bei ihm, wie er mit den Tränen kämpft. Hinter mir höre ich einige der Mädels in ihre Taschentücher schniefen.

»Thorsten, wie du mir selbst vor ein paar Tagen gesagt hast, bist du mehr mein Vater als mein Bruder. Manchmal hasse ich dich dafür, aber meistens bin ich froh, dich als meinen Beschützer zu haben. Es ist schön zu sehen, dass du endlich dein Glück mit diesem wunderbaren Mann neben dir gefunden hast.«

David lächelt mich tränenverschmiert an. Auch für ihn habe ich noch ein paar Worte. »David. Danke, dass du meinen Bruder glücklich machst. Du bist selbst wie ein zweiter großer Bruder für mich. Endlich gehörst du auch offiziell zu unserer kleinen Familie. Ich liebe euch beide von ganzem Herzen und wünsche euch ein glückliches und erfülltes Eheleben.« Ich hebe mein Glas und proste auf das Brautpaar. Oder Bräutigampaar? Alle Gäste heben mir ihre Gläser entgegen, um mit mir anzustoßen. Eric greift meine Hand und drückt sie. Als ich mich wieder hinsetze, brechen auch bei mir die Dämme, und ich heule eine Runde an Erics Schultern.

»You did really great«, flüstert er in mein Haar.

Der erste Tanz gehört Thorsten und David, doch gleich beim zweiten Lied schnappe ich mir meinen Bruder.

»Darf ich bitten?«, frage ich mit einer Verbeugung.

Thorsten lacht. »Ist das nicht eigentlich meine Aufgabe?«

Ich schmiege mich in seine Arme und tanze mit ihm die nächsten zwei Tänze. Wir reden nicht, und doch höre ich, wie ein leises »Danke« über seine Lippen kommt.

Nach dem dritten Tanz tippt Eric auf meine Schulter und sieht bittend zu Thorsten. Die zwei haben irgendeinen männlichen Blickkontakt, den ich nicht verstehe, der aber wohl so etwas wie ein Friedensangebot sein soll. Thorsten zieht sich zurück und Eric mich in seine Arme.

»Now you are mine«, sagt er mit einem Zwinkern und legt eine Hand auf meinen unteren Rücken.

»Glaubst du?«, frage ich und schlinge meine Hände um seinen Nacken.

»Ich weiß es«, sagt er selbstsicher. Die ersten Takte von *Iris* von den *Goo Goo Dolls* laufen an, und Eric singt leise in mein Ohr, als er mit mir tanzt. Wenn er wüsste, was er mit seiner Samtstimme meinem Höschen antut.

Ich lehne mich im Flur vor unserem Zimmer an die Wand und versuche umständlich, meine Pumps auszuziehen. Eric kniet sich vor mich und hilft mir. Alles wackelt und schwankt. Das ist gar nicht gut. Aber dieser heiße Kerl kniet vor mir, als würde er mir gleich einen Antrag machen. Gut, er hat nur meine Schuhe in der Hand und keinen Ring, aber trotzdem macht er mich heiß.

»Moment? Wie komme ich von Heiratsantrag auf Geilheit? Und habe ich das gerade laut gesagt?«

»Ja, hast du«, beantwortet er meine Frage, die wohl doch nicht so innerlich war.

»I think you're squiffy«, sagt er grinsend und macht sich daran, die Innenseiten meiner Oberschenkel zu küssen.

»Ein bisschen beschwipst vielleicht«, antworte ich lallend. »Squiffy ist ein lustiges Wort«, kichere ich, als mir bewusst wird, was er gerade gesagt hat. Innere Stimme, äußere Stimme. Die beiden haben sich momentan sehr lieb.

Die letzten drei Drinks waren vielleicht doch etwas viel, aber was er da gerade macht, fühlt sich gut an. Meine Beine zittern, und lange kann ich mich wohl nicht mehr aufrecht halten. Eric greift mich bei der Taille und fängt mich auf, bevor meine Knie einknicken können. Mit seinem freien Arm versucht er, unsere Zimmertür aufzuschließen. Mit meinem freien Arm mache ich mich daran, seine Hose zu öffnen.

»Er ist hart, dieser Kerl ist irgendwie immer hart, sobald ich in seine Hose fasse. Wie macht der das?«

»Es liegt nur an dir«, antwortet Eric neben mir lachend.

»Scheiße. Habe ich das schon wieder laut gesagt?«

»Ja, hast du.«

Oh, oh. Ich bin vielleicht doch ein kleines bisschen betrunken. Eric lacht. Aber nur so lange, bis ich seinen harten Schwanz aus der Hose hole. Er keucht heftig und versucht, sich aus meiner Hand zurückzuziehen. Irgendwie enden wir in einer Art liebevollem Gerangel auf einem weichen Polster.

Sind wir schon im Hotelzimmer? Ja, das Bett. Bett ist gut. Kann man drin schlafen.

20.

Ich bin mir ziemlich sicher, von einem Panzer überrollt
worden zu sein. Anders kann ich mir das Gefühl eines
gespaltenen Schädels und meinen abgestorbenen Arm nicht
erklären. Langsam öffne ich ein Auge, schließe es jedoch gleich
wieder. Der grelle Lichtschein draußen ist echt teuflisch. Ich
versuche, meine Augen mit der linken Hand zu bedecken, doch
ich kann meinen Arm nicht bewegen. Ein leises Lachen neben
mir lässt mich doch noch mal einen Blick riskieren, obwohl der
Lichteinfall in meine Linse mit Nadelstichen in mein Hirn
gleichzusetzen ist. Eric sitzt lächelnd auf der Bettkante und
beobachtet mich.

»Irgendwas besonders lustig hier?«, grummle ich ins Kissen.

»You have a terrible hangover, don't you?«, fragt er belustigt.

Ich rolle mich auf die Seite und merke jetzt auch, warum ich
meinen Arm nicht spüre. Anscheinend war er die ganze Nacht
unter meinem Oberkörper eingeklemmt. Der Versuch, ihn
auszuschütteln, um die Blutzirkulation wieder in Gang zu
bringen, ist wesentlich zu viel Bewegung für meinen
Brummschädel, also lasse ich ihn neben mich fallen.

»Sieht so aus. Wer hat mir eigentlich die ganzen Drinks
gebracht? Ich kann mich nicht mal erinnern, wie ich ins Zimmer
gekommen bin.« Meine Stimme ist so rau, als hätte ich gestern
Zigarren geraucht und klingt so gar nicht wie meine eigene.

»Die hast du dir fleißig selbst besorgt. Kannst du dich
aufsetzen? Ich habe hier was für dich, damit es dir besser geht.«

Schwerfällig stemme ich mich von der Matratze hoch und
sehe, dass Eric schon angezogen ist. Er hält mir eine Flasche
Gatorade und zwei Aspirin hin.

»Wie spät ist es?«, frage ich und kippe dann die Tabletten mit der süßen Flüssigkeit herunter. Gierig trinke ich auch den Rest der Flasche aus. Das macht den Pelz in meinem Mund schon besser.

»Es ist erst sieben Uhr. Du kannst noch etwas schlafen, dann wirst du dich gleich besser fühlen.«

Das lasse ich mir nicht zweimal sagen, und sinke wieder in mein Kissen zurück. Meine Augen fallen gleich wieder zu.

»Ist es in Ordnung, wenn ich schon frühstücken gehe? Du siehst nicht aus, als würdest du in nächster Zeit etwas wollen. Oder soll ich dir etwas mitbringen?«

Erics Stimme ist so leise, er ist ehrlich bemüht, meinen Kater nicht zu reizen. Als Antwort bringe ich allerdings nur ein ungehaltenes Stöhnen raus. Sekunden später bin ich auch schon wieder im Reich der Träume.

Als ich das nächste Mal die Augen aufschlage, ist es draußen schon hell. Hektisch setze ich mich auf und suche eine Uhr, doch mein Kreislauf liegt wohl noch in den Kissen, also lasse ich mich wieder zurückfallen. Mein Schädel brummt zwar nicht mehr, ich fühle mich aber trotzdem noch etwas überfahren. Ein Blick zur Seite zeigt mir zwei weitere Flaschen Gatorade auf meinem Nachttisch und einen grinsenden Eric im Sessel neben dem Bett.

»Are you feeling better?«, fragt er leise.

Anstatt einer Antwort frage ich: »Wie spät ist es? Ich muss heute Nachmittag auf den Friedhof, und der Rückweg dauert mindestens eine Stunde.

»Es ist erst halb zehn. Keine Panik, du hast noch genug Zeit. Ich habe David beim Frühstück getroffen. Dein Bruder liegt auch noch im Koma. Wir müssen erst um zwölf Uhr aus dem Zimmer raus. Genug Zeit, um etwas zu essen und zu duschen.«

»Wie kannst du nur so fit sein?«, frage ich und greife mir gleich noch eine Flasche Gatorade. Das Zeug ist echt Gold wert, wenn man es mit dem Alkohol übertrieben hat.

»Falls es dir nicht aufgefallen ist – ich habe noch nicht mal die Hälfte von deinem Pensum getrunken und wiege dabei fast doppelt so viel wie du. Du warst echt ein Fass ohne Boden. Aber du bist niedlich, wenn du betrunken bist.«

Ein kleiner Bildfetzen in meinem Gedächtnis bringt ein paar Erinnerungen von gestern zurück. Vorsichtig hebe ich die Bettdecke an und muss feststellen, dass ich nur noch meinen Slip trage.

»Hast du mich ausgezogen?«, frage ich fassungslos. Wir haben nicht gevögelt letzte Nacht, daran könnte ich mich erinnern. Könnte ich doch, oder?

»Ja, das habe ich. Und es war gar nicht so einfach, möchte ich betonen.«

»Warum?« Gierig trinke ich auch noch die dritte Flasche Gatorade. Es ist unfassbar, wie durstig so ein Kater macht.

»Because you fell asleep with your ass up in the air and my very hard cock in your hand.«

»Oh!« Wenn ich noch mehr erröten könnte, würde ich vermutlich einen Schlaganfall bekommen.

»Es wäre ja ganz lustig gewesen, wenn du nicht so verdammt scharf ausgesehen hättest und ich nicht so geil gewesen wäre. Du hast mir eine harte Nacht verschafft. Im wahrsten Sinne.«

»Tut mir leid. Das ist so peinlich.« Ich ziehe mir die Decke über den Kopf und möchte mich gerade eine Runde alleine schämen. Die Matratze sinkt neben mir ein, und Eric zieht mir behutsam die Decke aus den Fingern. Er dreht meinen Kopf, um mich anzusehen, doch ich halte stur die Augen geschlossen. Wenn ich ihn nicht sehe, kann er mich auch nicht sehen. Richtig?

»Nina?«, raunt er gleich an meinem Ohr, doch ich drehe mich weg. Ich stinke wahrscheinlich aus allen Poren nach Alkohol, von meinem Mundgammel gar nicht zu reden.

»Ich muss duschen. Und mich ein bisschen alleine schämen«, murmele ich vor mich hin. Eric wuschelt mir durch die ohnehin schon zerwühlten Haare und drückt mir einen Kuss auf meine nackte Schulter.

»Es gibt nichts, wofür du dich schämen musst. Du hast mir schon beim Kotzen zugesehen, als ich betrunken war. Schlimmer kann das hier kaum sein. Aber ich lasse dir einen Moment Privatsphäre und organisiere dir Frühstück.«

Eric erhebt sich von der Matratze, und ein paar Sekunden später fällt die Zimmertür ins Schloss. Ich setze mich gemächlich auf und gebe meinem Kreislauf einen Augenblick, sich anzupassen. Es scheint alles stabil, also stehe ich auf und suche mir frische Kleidung aus meinem Koffer. Im Badezimmer nehme ich meine Zahnbürste mit unter die Dusche.

Wow. Eric hat sogar mein Kleid auf einen Bügel hinter die Tür gehängt.

Das heiße Wasser entspannt meinen verkrampften Nacken und spült den Alkoholdunst von meiner Haut. Rasch putze ich mir die Zähne und setze mich dann auf den Boden unter den Duschstrahl. Ich umschlinge meine Knie und genieße das heiße Wasser auf meinem Rücken. Das habe ich oft gemacht, als meine Eltern noch nicht lange tot waren und mir die warmen Umarmungen meiner Mutter so gefehlt haben. Thorsten hat mich häufig zusammengekauert aus der Dusche gezogen. Unserer Wasserrechnung hat das vermutlich nicht besonders gut getan, aber er hätte dazu niemals etwas gesagt. Fünfzehn Jahre sind es heute genau.

Ein Stoß kalter Luft reißt mich aus meinen melancholischen Gedanken. Eric steht mit besorgtem Blick an der geöffneten Duschkabinentür. Er hat schon sein Shirt ausgezogen und steht nur in seiner Jeans, die so gefährlich tief auf den Hüften sitzt, vor mir.

»Are you okay?«, fragt er liebevoll.

»Ja, alles gut. Ich pflege nur meinen Kater.« Er sieht mich ungläubig an, sagt aber nichts weiter dazu.

»Would it bother you if I join?«, fragt er und öffnet schon seine Hose.

»Natürlich nicht. Komm rein.« Ich stehe auf, doch mein Kreislauf ist nicht ganz einverstanden mit dem heißen Wasser und will sich gleich wieder hinlegen. Erschöpft lasse ich mich auf den kleinen Vorsprung in der Duschkabine plumpsen. Eric sieht mich skeptisch an und steigt dann zu mir. Er lässt sich vor mich sinken und nimmt meine Hände.

»Bist du sicher, dass es dir gut geht?«

»Alles bestens. Nur etwas Kreislaufprobleme, ein Kater und der Todestag meiner Eltern. Sonst alles wie immer.«

Eric seufzt, kommentiert mein Gebrabbel aber nicht. Er legt seinen Kopf in meinen Schoß und lässt sich von mir die Haare kraulen.

»Du bist also ganz allein über die Feiertage?«, fragt er nach einer Weile.

»Eric, bitte. Wir hatten das doch schon. Es wird für mich so wie jedes andere Jahr auch.« Dass ich normalerweise die Tage trotzdem mit Thorsten verbracht habe, sage ich ihm nicht. Wir haben halt nur keine Weihnachten gefeiert. Dieses Jahr wird das erste Mal sein, dass ich ganz allein bin.

»I don't like it«, flüstert er an meinem Schoß. Seine Hände streichen über meine Oberschenkel und bevor eine weitere Diskussion entstehen kann, folgen seine Lippen der Spur seiner Finger. Ich beuge mich zu ihm herunter und vergrabe meine Nase in seinen Haaren. Ich liebe seinen Duft, der durch die feuchte Luft nur intensiviert wird. Ich liebe ihn.

Meine Hände fahren mit leichtem Druck meiner Fingernägel über seinen Rücken. Eric zittert unter meiner Berührung und wird an meinem Unterschenkel hart. Seine Hände drücken meine Schenkel auseinander und er versinkt gleich mit seinem Kopf dazwischen. Er packt meine Pobacken und zieht mich ein Stück zu sich ran, bevor seine drängende Zunge meine Schamlippen teilt. Ich greife in seine Haare und muss mich beherrschen, nicht daran zu ziehen. Er umkreist kurz meinen Kitzler und setzt sich dann gleich wieder auf. Mit verzweifeltem Blick sieht er an sich runter und pumpt ein paar Mal seine Erektion mit geübtem Griff.

»Ich würde das ja gerne für dich tun, darlin'. Aber wenn ich nicht gleich in dir bin, dann platze ich. Die letzte Nacht war echt hart.« Er zieht mich noch ein Stück an die Kante und positioniert seine Spitze an meinen feuchten Lippen.

»Is this okay?«, fragt er und saugt an meiner Unterlippe. Er hält immer noch seinen Schwanz in der Hand und pumpt ihn gelegentlich. Ich bin völlig gefesselt von diesem erotischen Anblick und komme schon fast bei dem Gedanken, wie er seinen Saft auf meine Pussy spritzt. Das ist jedoch nicht sein Ziel, und auch ich kann es nicht erwarten, von ihm ausgefüllt zu werden. Statt einer Antwort drücke ich ihn mit den Fersen an mich, was dazu führt, dass er gleich in mich rutscht.

»Oh God!« keucht er und lehnt seine Stirn an meine. Er blickt zwischen uns und beobachtet unsere engste Verbindung.

Langsam bewegt er seine Hüften und sieht dabei zu, wie er aus mir rein- und rausrutscht. Für mich ist der viel interessantere Anblick, seine lustvollen und enthemmten Gesichtsausdrücke zu beobachten. Er ist so verdammt hübsch, auch wenn das vielleicht nicht der richtige Ausdruck für einen Mann ist, aber in diesen Momenten ist er atemberaubend.

Eric kneift sanft in meine Nippel und streicht gleich mit seiner Zunge hinterher, was dazu führt, dass ein neuer Schwall Feuchtigkeit über unsere Verbindung strömt. Er zieht mich ganz nah an sich und stößt in einer quälend langsamen, aber oh so guten Geschwindigkeit weiter in mich. Jeder Stoß reibt über meinen Venushügel und reizt damit gleichzeitig meine Klit. Er knabbert an meinem Ohrläppchen und keucht: »Come for me. I can't hold back any longer.« Er massiert kräftig meine Pobacken und leckt gleichzeitig über meine Ohrmuschel. Noch zwei Stöße, und schon zucke ich um seinen harten Schwanz. Mein Höhepunkt ist noch nicht ganz verebbt und ich zittere weiter in seinen Armen, als ich meine Hände an seine Wangen lege und seinen Blick suche. Was ich da sehe, sagt mehr als tausend Worte. Er liebt mich.

Der Besuch auf dem Friedhof war kräftezehrend. David wollte sich im Hintergrund halten und uns unseren Moment lassen, aber Thorsten hat ihn zwischen uns geschoben und ihn praktisch unseren Eltern vorgestellt. Auch wenn wir immer am Grab ein paar Worte zu ihnen gesprochen haben, ist das absolut untypisch. Die Hochzeit hat einige Emotionen bei ihm hervorgebracht, die ich nicht von ihm kenne.

Nachdem ich die beiden am Flughafen abgesetzt habe, fahre ich durch die Stadt nach Hause. Alles ist friedlich. Hinter den meisten Fenstern brennt die Weihnachtsbeleuchtung, und es wird im Familienkreis gefeiert. Die Stadt ist so ausgestorben, ich könnte mitten auf der Kreuzung anhalten und es würde niemanden stören. In der Ferne entdecke ich eine erleuchtete Tankstelle, die auch am Heiligabend geöffnet zu haben scheint. Ich fahre dort ran und hole mir einen Becher Schokoladeneiscreme, den ich mir zu Hause, zusammen mit dem schlechten Fernsehprogramm, reinziehen werde.

Als ich den Schlüssel in die Wohnungstür stecke, piept mein Handy mit einer neuen SMS. Auf dem Weg in die Küche lese ich die Nachricht von Jule.

Ich bin so sauer auf dich. Wieso hast du mir nicht gesagt, dass du an Weihnachten alleine bist? Jetzt sitze ich hier bei einem Horrorfamilienessen und komme nicht weg. Ich melde mich morgen. Jule
PS: Warum bist du nicht bei Eric?

Ich beschließe, die SMS erst mal zu ignorieren und hole mir nur einen großen Löffel aus der Küche. Mit Kuscheldecke und Eisbecher richte ich mich vor dem Fernseher ein.

Zwei Stunden später bin ich ein heulendes Häufchen Elend und muss schon fast über mein pathetisches Verhalten lachen. Der Tag ist einfach zu viel, und irgendwie fühlt es sich doch nicht so gut an, allein zu sein. Ich sehe das Weihnachtsgeschenk für Lucy, eingepackt auf der Kommode neben dem Fernseher, und frage mich, wann ich geplant hatte, es ihr zu geben. Von dem Geschenk für Eric ganz abgesehen, obwohl seins eigentlich kein richtiges Geschenk ist.

Mein Selbstmitleid geht mir auf die Nerven, also putze ich mir im Bad die Zähne, mit dem Ziel, ins Bett zu gehen. Dieser

Vorsatz wird jedoch durch das Sturmklingeln an meiner Tür unterbrochen. Jule wird doch wohl nicht von ihrer Familienfeier geflüchtet sein?

»Wer ist da?«, frage ich an der Sprechanlage.

»Eric!«, kommt es bestimmt aus dem Hörer.

Ich drücke ihm auf und stelle mich abwartend in die Tür. Wenige Sekunden später steht er vor mir, mit dicker Winterjacke und Pyjamahose.

Er sieht meine verheulten Augen und drückt mich an sich. Ich lasse mich in seinen Armen hängen und bin sehr froh, dass er hier ist. Er schiebt mich gleich wieder von sich und zeigt mit großer Geste einmal rund um meine Wohnung.

»Das hier wird nicht passieren«, sagt er mit energischer Stimme. »Du kommst mit mir. Und wenn ich dich über die Schulter schmeißen und hier raustragen muss.«

Mein Widerstand war doch schon gebrochen, bevor er überhaupt hier war.

»Kann ich wenigstens noch ein paar Wechselklamotten einpacken?«, frage ich kleinlaut.

21.

ERIC

Schon im Hotel, als ich sie zusammengekauert unter der Dusche gefunden habe, wusste ich, dass irgendwas nicht in Ordnung ist. Es ist etwas, was ich selbst lange genug gemacht habe. Der sinnlose Versuch, mit heißem Wasser menschliche Wärme zu imitieren. Mir war nicht bewusst, dass sie immer noch so sehr unter dem Tod ihrer Eltern leidet.

Der Gedanke, dass sie jetzt ganz allein in ihrer Wohnung hockt und niemanden hat, macht mich wahnsinnig. Ich wälze mich seit einer Stunde im Bett hin und her, bevor ich beschließe, einfach aufs Ganze zu gehen und sie mit sanfter Gewalt zu mir zu holen.

Ich schlüpfe in meine Jacke und Schuhe und klopfe bei meinen Eltern, um ihnen das Babyfon zu geben. Meine Mutter nickt nur wissend. Sie hat mir heute schon die Hölle heißgemacht, weil ich es nicht geschafft habe, Nina zu überreden, mit uns zu feiern.

Ich fahre durch die ausgestorbene Innenstadt und komme in Rekordzeit bei ihrer Wohnung an. Von der Straße aus kann ich sehen, dass noch Licht brennt.

Zum Glück drückt sie mir gleich die Tür auf. Ich hoffe, sie ist nicht zu sauer über meinen Auftritt.

Als ich sie wie ein Häufchen Elend und mit verheulten Augen im Türrahmen stehen sehe, weiß ich, dass ich das Richtige getan habe.

Es ist erst sechs Uhr am Morgen, aber ich bin schon seit einer Stunde wach und beobachte den schlafenden Engel neben mir. Es ist noch stockdunkel draußen, doch Lucys kleines Nachtlicht aus dem Badezimmer spendet gerade genug Licht, um sie ansehen zu können. Ihr halbes Gesicht ist in ihren kupferfarbenen Locken vergraben, und sie lächelt im Schlaf. Ob sie das auch macht, wenn sie nicht neben mir liegt?

Sie hat die Bettdecke zwischen ihren Schenkeln eingeklemmt, und ein Teil ihrer Pobacken guckt unten aus ihren Shorts raus. Meine Finger zucken vor Verlangen, die feine Spur Sommersprossen auf ihren Oberschenkel nachzuzeichnen. Doch die Erfahrung hat mir gezeigt, dass der kleinste Kontakt zwischen uns sehr schnell in etwas nicht Jugendfreies umschlägt. Sie ist so verdammt empfänglich für meine Berührungen. So gerne ich dem jetzt auch nachgeben würde ... die Chance, dass Lucy jeden Moment hier reinplatzt, ist zu groß. Außerdem kann ich Nina gerade einfach nicht aus dem Schlaf reißen. Sie war so erschöpft gestern Nacht und hat dennoch viel zu lange gebraucht, um in meinen Armen zur Ruhe zu kommen.

Kleine Schritte auf dem Flur bestätigen meine Vermutung. Lucy ist aufgeregt und entsprechend früh wach. Vorsichtig öffnet sie die Schlafzimmertür und strahlt mich an, als sie sieht, dass ich schon wach bin. Sie will gerade laut quietschend aufs Bett springen, doch ich lege einen Finger an meine Lippen und zeige auf Nina. Neugierig trippelt sie an die andere Bettseite und schaut ihr erstaunt beim Schlafen zu.

»Why is Nina in your bed, daddy?«, brüllflüstert sie. Es ist zu niedlich, wenn sie versucht, leise zu sein.

»Weil ich sie gestern noch zu uns geholt habe, damit sie bei uns Weihnachten feiern kann. Sonst wäre sie ganz alleine gewesen.« Es fällt mir verdammt schwer, aber im Moment spreche ich fast nur Deutsch mit Lucy. Andernfalls kommt sie hier nie klar.

Sie läuft wieder auf meine Seite und denkt für einen Augenblick über den Sinn meiner Worte nach.

»That would be sad. Have you told Santa where she is? I don't want her to miss her gifts«, sagt sie schließlich. Das liebe ich besonders an meinem Kind. Sie ist extrem einfühlsam für ihre vier Jahre und hat damit so große Ähnlichkeit mit ihrer Mutter. Ich habe keine Ahnung, wie ich es geschafft habe, sie zu dem wunderbaren kleinen Menschen zu machen, der sie heute ist. Vor allem, wie ich das alles ohne Jasmin geschafft habe.

»Ich bin mir sicher, dass Santa weiß, wo Nina ist. Komm, wir gehen in die Küche und trinken einen Saft. Nina kann noch etwas schlafen.«

»But, daddy, we have to go over to granny and gramps. Santa has left my gifts there, because of the large Christmas tree«, quengelt sie. Ich steige schnell aus dem Bett und trage sie aus dem Schlafzimmer, damit sie Nina nicht weckt.

»Wir gehen gleich rüber, Princess. Granny und Gramps schlafen bestimmt noch.«

»That doesn't matter. You have a key«, meckert sie jetzt lautstark auf meinem Arm. Ich setze sie vor der Küchentür ab und schiebe sie auf einen Stuhl.

»Ja, ich habe einen Schlüssel. Aber der ist nur für Notfälle. Granny und Gramps gehen auch nicht ungefragt in unsere Wohnung.«

Lucy sitzt kopfschüttelnd am Tisch und nimmt von mir einen Becher Saft entgegen. »Adults are so complicated«, murmelt sie vor sich hin.

Ich will mich gerade an der Kaffeemaschine zu schaffen machen, da hält Lucy mich an der Hose fest und deutet mir, mich zu ihr herunterzubeugen, damit sie mir etwas ins Ohr flüstern kann. »Are you in love with Miss Nina?«, fragt sie flüsternd. Im selben Moment höre ich natürlich Ninas Schritte auf der Treppe, weshalb ich mich mit der Antwort beeilen muss.

»I love her, princess. But for now it's a secret between you and me. Okay?« Lucy nickt eifrig, ganz aus dem Häuschen, ein Geheimnis mit mir teilen zu können. Ich hätte sie nicht belügen können, aber ich möchte auch nicht, dass Nina es zuerst aus Lucys Mund hört.

»Hey darlin'«, begrüße ich Nina, die gerade verschlafen um die Ecke schlurft. Als sie Lucy am Küchentisch sieht, hellt sich ihr Gesicht gleich auf und sie strafft die Schultern. Das rechne ich hier hoch an. Ich weiß, dass sie kein Morgenmensch ist, aber dennoch reißt sie sich Lucy zuliebe zusammen. Ich streiche ihr kurz über die Schulter, obwohl ich sie lieber küssen würde, und gebe ihr auch ein Glas Saft.

»Guten Morgen, ihr beiden. Ihr seid aber früh wach. Bist du schon aufgeregt?«, fragt sie an Lucy gewandt und wuschelt ihr durch die Haare.

»Ja, ich bin. Does … Weiß Santa where you are? I don't want … du brauchst doch auch Geschenke.«

Nina schenkt ihr ein herzliches Lächeln und muss es sich eindeutig verkneifen, nicht laut loszulachen.

»Ich bin mir sicher, Santa weiß genau, wo ich bin. Der weiß doch alles. Aber in meinem Alter bekommt man keine Geschenke mehr. Das ist den Kindern vorbehalten.«

Da würde ich sie jetzt gerne korrigieren, doch das hebe ich mir für später auf.

»Oh, daddy!«, ruft Lucy hinter mir. »I forgot the cookies for Santa. He won't leave my presents without cookies. Oh no.« Sie ist den Tränen nahe. Bevor ich etwas tun kann, um das Drama abzuwenden, eilt Nina mir zur Hilfe.

»Ich habe gestern Abend mit deiner Granny gesprochen. Sie hat die Cookies und ein Glas Milch für Santa hingestellt. Mach dir also keine Sorgen.«

That's why I love her. Unter anderem.

Die Bescherung ist ein einziges Chaos, wie jedes Jahr, seit Lucy auf der Welt ist. Die sitzt in einem Berg von Geschenken und bewundert jedes einzelne. Meine Eltern und meine Schwester haben es mal wieder vollkommen übertrieben. Doch am meisten freut sie sich über das Fahrrad von mir. Da werde ich wohl heute noch mal ran müssen, um mit ihr das Fahren zu üben.

Nina hat ihr einige deutsche Kinderbücher geschenkt und natürlich schon versprochen, sie ihr vorzulesen. Für Lucy sind alle Geschenke selbstverständlich von Santa persönlich.

Nina sitzt mit angezogenen Beinen neben mir auf der Couch und hält sich an einem Becher mit heißem Kakao fest. Ich spüre die Mischung aus Freude und Trauer bei ihr. Sie kann mit dieser ganzen Familiensache, die hier gerade stattfindet, nichts anfangen, weil sie es seit Jahren selbst nicht mehr erlebt hat. Ihr Blick ist auf Lucy fixiert, und ihr schießen immer wieder die Tränen in die Augen. Inzwischen steigen doch Zweifel in mir auf, ob es richtig war, sie hierher zu holen.

»Are you okay?«, frage ich und lege einen Arm um ihre Schultern. She's so tiny in my arms.

Nina nickt und wendet ihre Augen nicht von Lucy ab. Ich spüre die verunsicherten Blicke meiner Eltern.

»Lucy und ich haben einiges gemeinsam«, sagt sie leise.

»Was meinst du damit?«

»Sie hat eine fantastische Familie, aber ihr wird immer eine Mutter fehlen. Versteh mich nicht falsch, du bist ein toller Vater, aber es geht nichts über die Liebe einer Mutter. Gerade für ein Mädchen.«

Nina lässt ein paar Tränen laufen, fasst sich dann aber gleich wieder. Ich würde ihr gerne sagen, dass sie irgendwann diese Person für Lucy sein könnte. Mir ist aber bewusst, dass es dafür noch viel zu früh in unserer Beziehung ist.

Ich ziehe sie fest an mich und wir beobachten gemeinsam Lucy, die immer noch laut jubelnd um den Tannenbaum springt.

Am frühen Mittag ist meine Tochter unter einem Haufen Geschenkpapier eingeschlafen, mit einer neuen Barbie fest in ihrer kleinen Faust. Meine Mutter ist inzwischen in der Küche, wo sie heute besser keiner stören sollte. Mein Vater ist im Arbeitszimmer und meine Schwester in ihrem Zimmer verschwunden. Ich sammle Lucy vom Boden auf und trage sie nach oben ins Gästezimmer. Als ich wieder nach unten komme, ist auch Nina auf der Couch eingeschlafen. Ich quetsche mich neben sie, werfe eine Decke über uns und ziehe ihren Kopf an meinen Brustkorb. Sie kuschelt sich murmelnd an mich und hält sich an meinem Shirt fest. Ich brauche nur wenige Minuten, um zu einem kleinen Nickerchen wegzudriften.

Gefühlte dreißig Sekunden später weckt mich eine kleine Hand an meiner Schulter. Lucy steht hinter mir und versucht, mich vorsichtig zu wecken.

»Daddy, wake up. Dinner is ready.« Dinner? Haben wir doch so lange geschlafen? Die große Uhr über dem Kamin zeigt tatsächlich schon 18.00 Uhr.

»Gramps showed me how to ride the bike. He says I need to practice more. That stinks.«

»Lucy?«, rüge ich sie mit strengem Blick.

»Sorry, Dad. Is Nina still sleeping?« Sie sieht über meine Schulter und beobachtet Nina beim Schlafen.

»Ja, sie schläft noch. Sie war noch ziemlich müde von der Hochzeitsfeier.«

»She's so pretty!«, flüstert Lucy geheimnisvoll.

»Yes, she is. From the inside and outside.«

»What does that mean again?«, fragt sie mit rollenden Augen und trollt sich, ohne eine Antwort abzuwarten, in die Küche.

Als wir wieder allein im Wohnzimmer sind, streiche ich Nina die Haare aus dem Gesicht und fahre die Konturen ihrer Wangen nach. Langsam erwacht sie unter meiner Berührung und reibt sich dabei an mir. Schon werde ich hart. Wie immer, wenn sie mich nur leicht an den richtigen Stellen berührt. Keine gute Idee, solange meine Familie im Haus ist und ich noch meine Pyjamahose trage. Ich bin mir sicher, das ist nichts, womit meine Eltern begrüßt werden möchten.

Nina hat jedoch andere Ideen. Sie greift gezielt in meine Hose und packt meinen harten Schwanz. Uh. Oh!

»Darlin', we are not alone.« Ich nehme ihre Hände und ziehe sie widerwillig aus meiner Hose. Nina reißt erschrocken die Augen auf und scheint sich erst jetzt bewusst zu werden, wo wir uns befinden.

»Ich dachte, wir wären in deinem Schlafzimmer.« Mit hochrotem Kopf vergräbt sie ihr Gesicht an meinem Hals.

»You can take care later. For now, dinner is ready.« Ich drücke ihr einen kurzen Kuss auf die Lippen und löse mich dann schweren Herzens von ihr.

Meine Mutter hat es mal wieder maßlos übertrieben mit dem Essen. Ein riesiger Truthahn mit nur allen denkbaren Beilagen. Für fünf Erwachsene und ein Kind bei Weitem zu viel, aber Mum kocht immer für eine ganze Armee an den Feiertagen. Nach dem Essen sitzen mein Dad und ich vor dem Fernseher und sehen uns ein Footballspiel an, während die Frauen sich um das Chaos in der Küche kümmern. Lucy sitzt zu meinen Füßen und spielt gedankenverloren mit ihren unzähligen Geschenken.

»Nina is a keeper«, sagt mein Vater und nippt an seinem Bier. So kenne ich ihn. Ich weiß, dass er sich sehr um uns Kinder und meine Mutter sorgt, doch er war nie ein Mann großer Worte und geht mit offensichtlichen Liebesbeweisen sehr sparsam um.

»I know, Dad. She's perfect. For me and for Lucy.«

Bei der Erwähnung ihres Namens sieht meine Tochter verwirrt zu mir auf. Ich streiche ihr über den Kopf und ermuntere sie, weiterzuspielen.

»You have to tell her. She's also sensitive and she needs to hear it. Work it out. She's absolutely worth it.«

Mein Vater starrt wieder auf den Fernseher und gibt mir damit zu verstehen, dass ich heute nicht mehr von ihm bekommen werde. Für ihn war das schon ein Gefühlsausbruch. Es muss etwas mit seiner Zeit in der Army zu tun haben, wodurch er so hart geworden ist.

Meine drei Frauen kommen glücklicherweise in dem Moment aus der Küche und tragen jede ein Tablett. Cheesecake und

Eggnog. Ich habe verdammt viel Training vor mir nach den Feiertagen, aber das ist es wert.

Nina setzt sich neben mich und reicht mir Glas und Teller. Sie hat ein zufriedenes Lächeln auf dem Gesicht und scheint Spaß in der Küche gehabt zu haben. Ich weiß, dass meine Mutter absolut angetan von ihr ist. Kathy ist da etwas verschlossener. Sie hat doch viel Ähnlichkeit mit meinem Vater. Sie hegt keine schlechten Gefühle gegen Nina, nur macht sie sich mehr Sorgen um mich und Lucy, als sie eigentlich sollte.

»Ich liebe deine Mutter«, flüstert sie mir ins Ohr, bevor sie sich über ihren Kuchen hermacht. That's cool, beautiful girl. And I love you.

»Lucy, möchtest du bei uns schlafen? Dann muss Daddy nicht heute noch deine ganzen Geschenke rübertragen und er hat noch ein bisschen Zeit für Nina.« Meine Mutter ist ein Engel.

Lucy nickt eifrig und flüstert lautstark zu ihrer Großmutter: »I think he wants to kiss her, granny.«

Der ganze Raum schmunzelt, nur Nina vergräbt ihr hochrotes Gesicht an meiner Schulter. Nach dem, was wir schon alles gemeinsam getrieben habe, hätte ich nicht geglaubt, dass die Erwähnung eines Kusses sie zum Erröten bringt.

Ich will es mir gerade mit meinem Mädchen im Wohnzimmer gemütlich machen, doch sie hat etwas anderes im Sinn. Sie nimmt die große Decke von der Couch und zieht mich auf meine Terrasse.

»What are you doing? It's damn cold out here.«

»Deswegen habe ich ja die Decke mitgenommen.« Sie legt sich auf die Sonnenliege und wartet mit ausgestreckten Armen, dass ich mich zu ihr lege. Ich lasse mich nicht zweimal bitten und wickle schnell die Decke um uns, damit sie nicht friert.

»Was hast du vor?«, frage ich, neugierig, warum sie bei diesem Wetter draußen liegen will.

»Es schneit gleich. Ich kann es fühlen und riechen. Magst du mit mir auf den Schnee warten?«

»Natürlich. Dann habe ich einen Grund mehr dafür zu sorgen, dass dir nachher wieder warm wird«, sage ich mit einem Zwinkern.

»Ich habe ein Geschenk für dich«, flüstert sie so leise, dass ich es beinahe überhört hätte.

»Du sollst mir nichts schenken. Dich hier zu haben, ist mehr als genug.«

»Das sagst du immer«, reagiert sie schnippisch und kramt in ihrer Hosentasche. »Ich habe so lange überlegt, was ich dir holen soll, aber ich hatte einfach keine Idee. Alles war zu bedeutungslos. Ich wollte etwas mit Bedeutung und ich hoffe, es ist nicht zu viel. Du musst es nicht nehmen. Es sieht auch dämlich aus, weil es eigentlich gar kein richtiges Geschenk ist.«

Ich lege einen Finger auf ihre Lippen, um ihren Redefluss zu stoppen.

»Whatever it is, it's perfect.«

Nina drückt mir einen metallischen Gegenstand in die Hand, der durch ihre Körperwärme schon fast heiß scheint. Ich muss meine Hand unter der Decke vorziehen, um zu erkennen, was sie mir gegeben hat.

»A key?«, frage ich verwundert.

»Ja, ein Schlüssel. Er ist für meine Wohnung, und du musst ihn nicht nehmen. Du sollst nur wissen, dass du jederzeit bei mir willkommen bist und ich dich nicht als Gast betrachte. Das gilt natürlich auch für Lucy.«

Ich bin sprachlos. Sie hat keine Ahnung, was es mir bedeutet. Selbst wenn ich ihren Worten glaube wollte, so zeigt das doch, dass sie mir endlich wirklich vertraut.

»I love it, darlin'. Thank you so much.« Ich verschließe ihre zitternden Lippen mit einem Kuss und hoffe, dass ich damit alle Zweifel bei ihr auslöschen kann.

»Ich habe auch etwas für dich«, sage ich und hole Ninas Geschenk, wie es der Zufall so will, aus meiner Hosentasche.

»Du sollst mir nichts schenken«, versucht sie, mich abzuwehren.

»Ernsthaft? Sollen wir diese Diskussion jetzt jedes Mal führen? Du bei mir und ich bei dir? Mach schon auf.« Ich halte ihr die flache, blaue Schachtel hin und warte darauf, dass sie es sich ansieht.

»Die ist wunderschön!«, sagt sie, als sie einen Blick auf die Weißgoldkette mit dem Herzanhänger geworfen hat. Es ist eine größere Version von der Kette, die ich Lucy zur Geburt gekauft habe. Das kann Nina jedoch nicht wissen, da Lucy noch zu klein ist, um regelmäßig eine Kette zu tragen. Ich habe sie schon, seit ich mit Lucy in Texas war. Ich konnte sie gerade noch besorgen, bevor das Chaos losbrach.

»I'm glad you like it.«

Sie lässt sich von mir die Kette umlegen und kuschelt sich anschließend an meine Schulter.

»Ernsthaft, ich liebe deine Mutter. Sie ist echt großartig. Und Kathy scheint auch langsam mit mir warm zu werden.«

Jetzt oder nie. Ich kann es nicht länger zurückhalten.

»Nina?«

»Hm?«

»I'm so glad that you love my family, because they love you, too. You have a family here, if you want it. Nina, I'm so in love with you. I fucked up so badly in the beginning, and I can't stand the thought that you leave me. I love you.«

Sie bleibt eine ganze Weile starr in meinem Arm liegen, bevor sie etwas sagt.

»Hast du mir gerade eine Liebeserklärung gemacht?«, fragt sie vorsichtig.

»Ähm, ja. Zumindest hoffe ich das.«

Sie wendet mir ihr Gesicht zu und fängt an zu weinen.

»Don't cry, darlin'. You don't have to say it back. I just had to get it out of my system.«

Ich wische ihr die Tränen von den Wangen, die sofort von den ersten Schneeflocken ersetzt werden.

»Schau, es schneit.« Ich zeige zum Himmel, und ihr Blick folgt meiner Hand. Als wir den ersten Schneefall des Winters beobachten, dreht sie sich zu mir und flüstert: »Ich liebe dich.«

22.

Meine Füße brennen und mein Rücken tut weh. Aber mir geht es verdammt gut. London im März, mit meinem extrem attraktiven Freund an meiner Seite, macht das mit mir. Eric hat mich mit diesem Wochenende zu meinem 24. Geburtstag überrascht und gleich zwei Tage später hierher entführt. Unser Hotelzimmer hat einen direkten Blick auf die Themse und das Riesenrad London Eye. Wir haben unseren ersten Tag mit Shopping verbracht und sind jetzt zum Duschen und umziehen ins Hotel zurückgefahren, um anschließend essen zu gehen.

»Du verwöhnst mich«, sage ich, als ich mich rückwärts aufs Bett fallen lasse, um meine Füße und meinen Rücken etwas zu entlasten. Eric stellt unsere prallen Einkaufstüten neben der Tür ab und setzt sich neben mich. Er nimmt meine Füße in die Hand und streift meine Schuhe ab. Sanft massiert er meine Fußsohlen.

»Das stimmt so nicht. Du verwöhnst meine Tochter«, wirft er ein. »Mindestens 80 Prozent von den Taschen sind für Lucy.«

»Hey, deine Mutter hat mir am Flughafen zweihundert Euro in die Tasche gesteckt und gesagt, dass ich etwas für Lucys Sommergarderobe tun soll, da dir im Bezug darauf nicht zu trauen wäre«, verteidige ich mich.

»Ich habe vielleicht nicht viel Ahnung von Klamotten für kleine Mädchen, aber ich weiß durchaus, dass du mindestens das Doppelte nur für Lucy ausgegeben hast.«

Zum Glück muss ich mich nicht weiter rechtfertigen, denn in diesem Moment wird gleich vor unserem Fenster die Beleuchtung des London Eye eingeschaltet.

»Der Anblick ist der Wahnsinn«, sage ich fasziniert.

»Lust, eine Runde zu drehen? Wir hätten noch Zeit vor dem Essen.«

»Auf jeden Fall. Und morgen den ganzen Tag Sightseeing.«

Eric setzt meine Füße auf den Boden und steht wieder auf.

»Dann ab mit dir unter die Dusche«, fordert er mich auf. »Ich komme gleich nach.« Eric nimmt sein Handy und wählt. Wir sind erst ein paar Stunden hier, doch er muss sich überzeugen, dass es seiner Tochter gut geht. Ich kann ihn gut verstehen. Lucy ist mir inzwischen sehr ans Herz gewachsen und auch sie ist mir gegenüber sehr positiv gestimmt.

Auf dem Weg ins Bad ziehe ich mich nach und nach aus und werfe ihm aufreizende Blicke zu, bevor ich die Badtür hinter mir schließe. Eric zwinkert mir zu und hebt gleichzeitig drohend den Zeigefinger.

Die Dusche hat ein Bullauge nach draußen und somit den gleichen Ausblick wie unser Schlafzimmer. So etwas habe ich noch nie gesehen. Ich lasse mir das heiße Wasser auf den Rücken prasseln und beobachte dabei das Treiben am Ufer der Themse. Mit aufgestützten Armen strecke ich meinen Po raus und genieße den Wasserstrahl auf meinen Pobacken und dem unteren Rücken. Eric tritt ins Bad, doch ich verharre in meiner Position. Ich höre das leise Rascheln von Kleidung und bin in freudiger Erwartung auf meinen nackten Freund. Meinen *Freund*. Es klingt immer noch ungewohnt, und irgendwie sagt es auch zu wenig aus.

Eric bringt einen Schwung kalter Luft mit in die Duschkabine, doch wenige Sekunden später spüre ich seine Hände auf meinen Hüften und ihn hart und bereit zwischen meinen Schenkeln.

»That's a nice view«, flüstert er.

Ich weiß nicht genau, ob er das Bullauge oder meine Position meint. Er lehnt sich an meinen Rücken und drückt mich langsam an die Wand. Ich sehe ihn nicht, aber dafür sehe ich London vor mir.

»I love you«, flüstert er, während er meine Schulter liebkost. Dieser Satz verursacht mir immer noch Schmetterlinge im Bauch.

»I need you«, wispert er in mein Ohr und beißt sanft in mein Ohrläppchen. Meine Nippel stellen sich auf und drücken gegen die kühle Wand vor mir.

»I want you«, raunt er, als seine Hand zwischen meine Schenkel wandert. Sein harter Schwanz pulsiert zwischen meinen Beinen.

»Fick mich«, wimmere ich. Das ist alles, was ich jetzt brauche. Eric lässt sich nicht zweimal bitten und positioniert sich an meiner nassen Spalte. Widerstandslos gleitet er in mich und geht gleich in einen angenehm langsamen Rhythmus über. Er zwirbelt meine Nippel und fickt mich, wie nur er es kann. Weil er weiß, was ich mag. Weil es ihn interessiert, wie ich es mag.

»Ich will dich sehen«, sage ich mit schwacher Stimme. Eric dreht mich um und presst mich gegen die Wand. Er hebt mich ein Stück hoch und legt meine Beine um seine Hüften. Er ist direkt wieder in mir und bewegt sich mit mir. Ich lege meine Arme um seinen Hals und halte mich fest, um ihn ein bisschen zu entlasten.

»Say it«, fordert er, als er sein Tempo erhöht.

»Ich liebe dich.«

»Say it again.«

»I love you, Eric.« Er liebt es, wenn ich das sage. Die Reaktion kommt prompt. Ich spüre, wie er noch weiter in mir anschwillt.

»Cum for me«, fordert er, und presst mich noch fester an die Wand, um sein Tempo erhöhen zu können.

Ich lege eine Hand zwischen uns, massiere meinen Kitzler und tue, was er verlangt. Mit einem tiefen Stöhnen klammere ich mich an ihn und komme hart um seinen Schwanz. Nur Sekunden später folgt Eric mir und ich bin ehrlich froh, dass er mich in diesem Moment nicht fallen lässt. Noch keuchend setzt er meine Beine behutsam auf den Boden. Sofort zieht er mich in seine Arme und bedeckt mein Gesicht mit Küssen.

Der Ausblick aus dem London Eye ist atemberaubend. Wir hatten das Glück, eine Kabine für uns allein zu erwischen. In dicke Jacken eingepackt, genießen wir den Überblick über die Stadt. Eric hält mich im Arm und streicht mir immer wieder über den Handrücken. Etwas hat er auf dem Herzen. In den letzten Monaten habe ich gelernt, dass es bei ihm besser ist, abzuwarten. Irgendwann rückt er von sich aus damit heraus. Das scheint auch jetzt der Fall zu sein.

»Darlin', ich wollte mit dir über eine Sache reden?«

»Muss ich mir Sorgen machen?«, frage ich beunruhigt.

»Nein, eigentlich nicht«, lacht er nervös. »Du weißt ja, dass in zwei Wochen die Saison wieder losgeht und ich im Herbst auch noch mein Studium starte. Von daher wird unsere gemeinsame Zeit für einen sehr langen Zeitraum stark begrenzt werden. Ich mache mir da nichts vor, es wird sehr stressig, wenn ich auch noch Lucy gerecht werden will.«

»Ich weiß«, antworte ich traurig. Mir ist das bewusst, dennoch habe ich den Gedanken bislang weitestgehend verdrängt.

»Darlin'?« Eric legt einen Finger unter mein Kinn und hebt mein Gesicht, damit ich ihn ansehe.

»Ja?«

»Ich weiß, dass es trotz unseres katastrophalen Starts sehr schnell mit uns gegangen ist. Aber ich habe keinen Moment an uns gezweifelt und ich bin mir sicher. Lucy liebt dich und ich will dich jede freie Sekunde um mich haben. Ich habe lange darüber nachgedacht und ich würde mir nichts mehr wünschen, als dass du bei uns einziehst. Ich erwarte jetzt keine Antwort, weil ich weiß, dass du auch nachdenken musst.«

»Ja«, antworte ich knapp.

»Was ja?« Eric sieht mich verwirrt an.

»Ja. Ich möchte bei euch einziehen.«

»Really? Are you sure?«

»Ja, Eric. Ich bin sicher. Aber ich habe eine Bedingung.«

»Und die wäre?«

»Versteh mich nicht falsch, ich liebe deine Eltern und ich weiß, dass meine Wohnung für uns drei zu klein ist. Ich sehe auch ein, dass momentan ein Umzug aus vielen Gründen ungünstig ist, aber ich möchte, dass ein gemeinsames Haus oder eine Wohnung eine Option bleibt. Es ist wirklich nichts gegen deine Eltern, aber du siehst hoffentlich auch, dass es keine Dauerlösung ist. Sind deine Eltern überhaupt damit einverstanden?«

»Wenn ich ehrlich bin, dann hat meine Mutter mich überhaupt erst auf die Idee gebracht.« Er lächelt mich schüchtern an. »Und natürlich ist das keine Dauerlösung. Wir werden uns selbstverständlich etwas Eigenes anschaffen. Spätestens, wenn mein Studium beendet ist. Ich will ein eigenes Zuhause mit meiner Frau und meiner Tochter aufbauen.«

»Frau?«, ich sehe ihn grinsend von der Seite an. Wir wissen beide, dass es noch nicht so weit ist.

»One day I'll marry you«, stellt er fest.

Es überrascht mich selbst, doch die Vorstellung macht mir keine Angst.

Im Flugzeug, auf dem Weg nach Hause, versuche ich mich auf ein Buch zu konzentrieren, doch meine Gedanken schweifen immer wieder ab. Eric will ein Nickerchen machen, aber er scheint keine angenehme Position in dem engen Sitz finden zu können. Ich beobachte ihn für einen Moment von der Seite, bis auch er mir seinen Blick zuwendet. Er grinst mich an.

»Are you afraid?«, fragt er.

»Nein. Ich bin aufgeregt, aber ich habe keine Angst.«

Gleich morgen werde ich meine Wohnung kündigen und anfangen, meinen Haushalt aufzulösen. Selbstverständlich ist es ein großer Schritt, und mit meinem Einzug wird auch mir ein Teil der Verantwortung für Lucy zufallen, doch ich bekomme alles, von dem ich gedacht habe, ich könnte es nie mehr haben. Eine Familie.

Epilog

Die einzelnen grauen Haare und die letzten zwanzig Jahre haben Eric nur attraktiver gemacht. Für mich zumindest. Wir hatten nicht nur gute Zeiten. Sein Jurastudium, die beiden Adoptionen, der Hausbau und der Aufbau seiner Anwaltskanzlei haben uns einige Momente verschafft, in denen wir heftig aneinander gerasselt sind. Wenn man dazu noch einen sehr aufsässigen Teenager namens Lucy hat, dann kann sich jeder ausmalen, dass Stress vorprogrammiert ist. Trotz allem haben wir uns nie als Paar aus den Augen verloren und waren immer ehrlich zueinander. Das hat uns vermutlich zusammengehalten.

Nun steht mein attraktiver Ehemann im Smoking vor mir und knibbelt nervös an seinen Fingern. Es ist ein großer Tag heute, und er kann schon seit Wochen kaum noch schlafen.

Ich suche mal wieder meine Pumps und stolpere dabei fast über unsere zehnjährige Tochter Jenna, die am Boden des Hotelzimmers ein Kartenspiel vor sich ausgebreitet hat.

»Jen, steh bitte auf. Es wäre schön, wenn du gleich das Blumenmädchen spielen könntest, ohne dein weißes Kleid vorher in ein graues zu verwandeln.«

Jenna sammelt ihre Karten auf und verzieht sich meckernd ins Nebenzimmer. Ihre roten Locken stehen ihr schon wieder völlig wild vom Kopf ab. Manchmal denke ich, sie hätte eigentlich ein Junge werden sollen.

Niemand kann sich unsere Freude vorstellen, als das Jugendamt uns nach 5 Jahren Wartezeit mitgeteilt hat, dass im Krankenhaus ein Baby auf uns wartet. Noch größer war allerdings die Überraschung, als ich sie das erste Mal auf dem

Arm hatte und ihr die kleine Wollmütze vom Kopf gezogen habe. Sie hatte feuerrote Haare, genau wie ich in dem Alter. Inzwischen beginnen auch ihre Haare nachzudunkeln und niemand, der uns nicht genau kennt, zweifelt daran, dass Jenna meine leibliche Tochter ist.

Endlich finde ich meine Schuhe unter dem Bett und streife sie mir hastig über. Eric läuft immer noch auf und ab und richtet sich permanent die Fliege.

Ich stoppe ihn und halte seine Hände fest.

»Warum bist du so aufgeregt?«, frage ich.

»She's too young!« Er fällt nur noch selten ins Englische zurück. Ausschließlich, wenn er in höchstem Maße gestresst ist oder in Momenten der Leidenschaft.

»Sie ist nicht zu jung. Lucy ist fast 25 Jahre alt. Wie alt warst du, als du Jasmin geheiratet hast?«

»Twenty-one.«

»Wie alt war ich, als du mich geheiratet hast?«

»Twenty-five.«

»Muss ich noch mehr sagen?«

Eric zieht mich in seine Arme und streicht durch meine Haare. Erinnerungen an letzte Nacht fliegen an meinem inneren Auge vorbei. Zwanzig Jahre und es ist kein bisschen weniger geworden. Im Gegenteil, manchmal ist es so intensiv, dass es schon fast zu viel ist.

»I can't let her go«, wispert er in meine Haare.

»Sei nicht albern. Du musst sie nicht gehenlassen. Es wird genauso sein wie vorher. Sie kommt jedes Wochenende mit Oskar zum Essen und unternimmt einmal in der Woche etwas mit Jenna. Und sie wird dich sicher immer noch zum Mittagessen in der Kanzlei abholen. Sie wohnt doch nur ein paar Straßen von uns entfernt. Es wird sich nichts ändern.«

»Oskar. How can she marry a guy named Oskar?«

»Jetzt hör aber auf. Du liebst den Kerl. Von dem Moment an, wo sie ihn mit nach Hause gebracht hat und er alles über deine Footballkarriere wissen wollte. Du kannst es kaum erwarten, wenn sie sonntags kommen, damit ihr zusammen ein Spiel ansehen könnt.«

Ich lege meine Hände auf seine Oberarme und streiche durch die Smokingjacke über sein Tattoo.

»I just want her to be happy, darlin'.«

»Ich weiß, Eric. Das will ich doch auch. Sie ist glücklich. Die beiden lieben sich, und er ist ein wirklich guter Kerl. Wenn du deine väterliche Eifersucht mal beiseiteschiebst, dann siehst du das auch. Warst du schon bei ihr?«

»Yeah. She's so beautiful, I almost cried.«

Ich küsse ihn sanft auf die Lippen und sage: »Ich liebe dich.«

»I love you more.«

Eric dreht sich von mir weg und scheint dringend einen Moment für sich zu brauchen.

»Ich sehe mal eben nach, ob ich Lucy noch bei irgendetwas helfen kann.«

Auf dem Weg nach draußen nehme ich eine kleine Schachtel aus meiner Handtasche.

Zaghaft klopfe ich an Lucys Zimmertüre und trete ein. Ihre beiden Brautjungfern gehen gleich beiseite, als sie mich sehen, und geben damit den Blick auf meine große Tochter frei. Die sitzt fertig angezogen, geschminkt und frisiert vor einem Spiegel und wartet auf ihren großen Auftritt.

»Du bist wunderschön, Lulu«, sage ich mit Tränen in den Augen. Wie gut, dass ich mich nur sehr sparsam geschminkt habe. Ihre Freundinnen schließen diskret die Türe hinter sich und lassen uns einen letzten privaten Moment.

»Danke, Mama.« Selbst nach der langen Zeit kann ich es immer noch nicht fassen, dass sie mich so betitelt. Ich habe sie ein Jahr nach unserer Hochzeit adoptiert, aber da hat sie mich schon lange so genannt.

Endlich steht sie von ihrem Platz auf und lässt mich ihre ganze Pracht sehen. Sie trägt ein schulterfreies, klassisches Brautkleid. Es hat eine schmale A-Linie mit einer kurzen Schleppe und sieht aus, als wäre es ihr auf den Leib geschneidert. Ihre pechschwarzen Haare sind in große Locken aufgedreht worden und werden nur von einer eleganten Spange zusammengehalten.

»Ich habe was für dich«, sage ich mit belegter Stimme und halte ihr die Schmuckschatulle hin. »Du brauchst schließlich noch etwas Altes.«

Lucy fächert sich Luft zu, als sie sieht, was in der Schatulle ist. »Mama«, sagt sie ergriffen und drückt mich fest an sich.

Es ist eine antike Kette mit einem Amulett, welches ich von meiner Mutter geerbt habe.

»Schau mal rein«, fordere ich sie auf. Lucy löst den kleinen Verschluss und sieht die beiden innenliegenden Fotos.

Das eine Foto ist von Jasmin an ihrem Hochzeitstag. Sie posiert vor einem Spiegel, während sie sich schminkt. Das andere ist das Foto aus Lucys Babyalbum, wo sie das erste und letzte Mal auf dem Arm ihrer Mutter liegt.

»Ich weiß nicht, was ich sagen soll«, sagt sie ergriffen.

»Du musst nichts sagen, Lulu. Ich dachte nur, es wäre schön, wenn ein Teil von ihr heute mit dabei ist.«

Lucy fällt mir um den Hals und versucht verzweifelt, ihre Schluchzer zu unterdrücken, was ihr nur bedingt gelingt.

»I love you, Mommy«, weint sie an meiner Schulter.

»Ich liebe dich, mein großes Kind.« Ich schiebe sie von mir, lege ihr die Kette um und drücke ihr ein Taschentuch in die Hand. Ein Klopfen an der Tür ist für uns das Signal, dass es gleich losgeht.

»Bist du bereit, dich von deinem Vater zum Altar führen zu lassen?«

»Absolut.« Sie trocknet ihre Tränen, strafft die Schultern und öffnet die Tür des Hotelzimmers. Davor stehen Eric und Jenna und warten schon ungeduldig auf uns. Als Lucy durch die Tür tritt, wird es offensichtlich, welches Gefühl bei meinem Mann gerade überhand nimmt. Er platzt fast vor Stolz und kann es nicht erwarten, seine Tochter zu führen.

Eric nimmt den Arm unserer großen Tochter und ich nehme unser widerspenstiges Blumenmädchen an die Hand.

Über die Autorin:

Melanie Hinz wurde 1980 in Mönchengladbach geboren und lebt noch heute mit ihrer Familie dort. Bücher waren immer ihre Leidenschaft und sind in jeder Ecke ihrer Wohnung zu finden. Neben ihrer Bücherliebe hat die Autorin eine Leidenschaft zu Tattoos, welche sich immer in irgendeiner Form in ihren Geschichten wiederfinden.

Kontakt:
E-Mail: hinz.melanie@gmx.net
http://www.melanie-hinz.de/